Tia Delfina Di Mindara

Emilio Tavares Lima

Dedikatoria

N'na dedika ê livru pá nha mamé, Ema Sá (Nhara Sá), ku tudu mamés guineensis, pá tudu kansera ke ê tá pasa pá kiria sê fidjus, pá sina elis sibi entra, sibi stá ku sibi sai.

INDICE

Notas di kumsada - Mwalinu Baldé

Ê livru, "Tia Delfina di Mindara", i spidju di susiedadi guinensi. Emílio pega kalma di baloba i kunsa botanu sorti atrabes di persunajen di Tia Delfina. Na fundu, si nô pega na imajen di Tia Delfina, kazu nô misti asosial ku nô guinendadi, nô na odja kuma Tia Delfina tá riprizenta, suma kuma ke Cheikh Anta Diop tá falá, "kontinuidadi di nô konxiensia stôriku suma povu". Figura di tia Delfina i un ominajen a tudu nô mamês, firkidjas di tera, sobri sé papel na firmanta Guiné suma un tera di "omis ku mindjeris nobu", omis ku mindjeris ke na bin sirbi Guiné, Afrika ku mundu. Skritor fasi kaneta ku papel, ô mindjor, tekladu ku kumputadur, suma feramenta ku sirujion tá uza pá opera pekadur. Nê livru, "Tia Delfina di Mindara", sirujion, djidiu di kaneta, konsigui atrabes di si mimoria individual, frutu di mimoria di si pubis, mostranu balur di mindjerndadi. Alias, balur di mamendadi.

Di un ladu, nô tene tia Delfina suma spidju di mamendadi guinensi. Un mamê ke tá fasi di tudu pá ká nada falta na si kasa, nundé ke atrabes di si papel di "m'prendidur", bideras – firmantaduris di ikonomia guinensi – i tá garanti di kuma ke si kalur i na sustenta si familia, pui djanta ku sia na kasa, paga skola di si kindin kondon, Duturna, mas sin nunka pirdi si dignidadi di mindjer – sin pirsiza di kulka si kurpu pá djugudês di prasa. Tia Defilna i kaminhu ke nô bartaba di kaneta kudji pá mostranu divindadi di mindjer sugundidu na bambaran di nô mamês. Si pá un ladu dona Delfina i Afrika na kurpu ku na alma di nô mamês, pá utru ladu, Marleni i rialidadi di kambansa di tempu. I tá reprizenta konfuzon entri mamendadi afrikanu ku febri di fiminismu di tchon di kolons. Na Marleni nô ta odja ambison, auzensia di baluris di tchon, inosentasku m'buldjadu na impasiensia, nundê ki vontadi di vivi sabi, subi na vida ku "panha pé" tá lebanu pá kaminhus di nunde ke "ora ku garandis di kasa ta tchami, mininus tudu tá nor-nori" ku di "si kabesa ká bali, kurpu ku tá paga". Apezar di Marleni pudi odjadu suma un badjudasinhu, alguin ku ká tene nuson di mundu di "garandis", Marleni pudi sirbi tambi di izemplu di troka di baluris, nundê ki garandis nega sê garandesa i nundê ku ukesa di puder pasa sufli lugaris sagradu di tchon di Cabral.

Ê livru, apizar dê falanu kuma i di fikson, si nô djubil diritu, djubil ku udju di rapada, nô na odja di kuma di fikson nada ká sta li, talbes nomi di pirsunajens. Suma un skritor i tcholonadur di mistidas di si tera ku di si povu, Emílio disidi miti môn ná tchaga n'kurbadu pá mostra dikadensia di nô pulitikus tapalulus riprizentadu na figura di dutur Vlá. Dutur Vlá fadjadu ku tudu ratadju ku nô pulitikus tá uza pá (dis)guverna tchon ku nô djunta. Kin ki lembra di muzika di Tabanka Djazz, "Rusga di 7h30", I pudi odja paralelismu entri N'toni ku Dutur Vlá na "paka-paka mininus na skina" pá lebal pá n'dau bu ká tornan. Nê operason literariu, nê konta pasada di kaneta, nô pulitikus analizadu di manera kê sedu. Sin rumantismu sin bari padja. I sibidu di kuma kofri di stadu sikuestradu di pubis i pasa sedu puti di mel di djintons di prasa. Enbes dê fasi tarbadju kê fala povu kuma ê ná fasi, tarbadju di kumpu tera, ê ta pasa sê tempu na konkursu di kiri katorzinhas ku disgrasa kolegas di sê fidjus ku di sê netus. Dutur Vlá, suma un pulitiku kandja guinensi ki sedu, atrabes di dinheru ki tá furta na finansias, fonti di furta dinheru di pubis, i tá uza ki dinheru pá disgrasa djorson ku dibidi sinadu bá baluris sagradadus di nô tchon. Purtantu, nô pulitikus nau só ê ká tá fasi sê tarbadju, infilismenti pá Guiné, ê tá sirbi tambi di ladrons di serebru ku di alma di futuru di Guiné. Basta un djorson falia ná pasa insamentus sagradu di un tchon pá ki tera ká panha pê di si kabesa nunka mas. Suma kuma ke ditadu afrikanu tá falá, "distruison di un tera tá kunsa ná kasa di si propi fidjus". Logu, disgrasa di Guiné sta na kasa di si fidjus kê tá tchama di "pulitikus".

Suma na kualker tera, nô ká tene só guintis ku ká bali. Ê livru i ká son pá tcholonanu sobri nô tapadas, mas tambi i tene suma mison imortaliza karakteristikas ku tá fasinu un povu di guintis balentis. Na figura di nhomikas, dunus di altu mar, nô tene tudu ingridientis di nô guinendadi. Otcha kê odja Barimpa, amigu di Tia Delfina, papé di Djimpa, na luta ku maron na altu mar, suma uanés di iagu malgos [iagu sagradu] di nô mar, ê konsigui diskodifika fiu manha di iran di mar i ê konsigui salva piskaduris. Ê lison di bida pudi lebanu na fasi manga di intirpretason sobi kusas ku só poterus tá odja. Na kosmuvizon afrikanu, na manera ku nô tá vivi ku n'utru, nô tá alerta sempri kumpanher di kuma i izisti kusas ku nô ká tá odja, kolons falan el, "Forcas sobrenaturais". I kusas ku nô ká tá odja ku udju di pekadur pudi salbanu ô rastanu pá mufunesa si nô ká sibi diskudifikal. Pá utru palavra, n'misti fala pá ká nô bota tudu nô kunsimentu di tchon i dipus nô bin kexa di kuma puera tudjinu odja mas. Un povu ká pudi guvernadu lundju di si kultura, tradison, lingua, ritual ku si kustimi. Si nô pega nô konstituison di republika, nô kodigu sivil ku nô kodigu penal, nô na odja pabia di ké ki pui nô kaminhu ká sai inda.

Atrabes di manga di ominajen ku kritikas ki fasidu nê djumbai di kaneta, Emílio tenta mostranu di kuma manera ke nô tá skrivi pudi muda mundu. I un dus manera ki kudji di muda mundu, talbes mundu di guinensis, i korda nô sintidu ku lingua ku tá toka bumbulun di nô alma, lingua di guintis di Djiba, Katcheu ku Blama, lingua di union di konxiesia pupular – guinensi [kriol, un falta rispitu pa nô identidadi]. Lingua i spreson mas garandi di un povu. I n'kuantu nô tene nô lingua nô tene speransa di salba nô kabesa. Ora ke nô skritoris kumbidanu pá nô djumbai na lingua ku tá korda nô sintidu di guinendadi, konxienti ou inkonxientimenti, ê tá guianu atrabes di sê busula ku sê mapa [papel ku kaneta] kaminhus ke nô dibi sigui pá liberta nô kabesa di kasabi ke nô flema na nô korson. Purtantu, nô pudi odja na Tia Delfina di Mindara un kaminhu di pabi matu pá sukuta konsidjus di nô skritor pá si povu.

Ê livru dividu na 6 fiada [6 kapitulu], nunde ke kada fiada tá bin dá n'utru kontrada pá mostranu kaminhu ku skritor dizenha pá storia kontadu. Na primeru fiada, "Tia Delfina di Mindara, tia Delfina surji suma pirsunajen prinsipal, un mindjer di nogos, "bida fasil bidera". Ê bidera di Mindara, mamé di Duturna, uniku fidju ki tené, si kindin kondon, tá izemplifika balur di mamés guinensis. Maioria di nô mamés i bideras, i "sufriduris ku tá padi fidaldu". Storia di Tia Delfina i storia di Guine atrabes di padidas di dus mama, di guintis ku katá medi sol di koresma. Ainda ne prumeru fiada, Emílio lembrantanu konsikuensia di famozu 7 di djunhu, un guera ku muda storia di Guiné di un bias, nundé ke guintis pirdi omis, mindjeris, familia n'teru i nundé tambi ke guintis masa mina i é fika sin pé suma ki akontisi ku papé di Duturna, omi di Tia Delfina, ku djamakosan, sasaboro di Gabu, sufli tia Delfina el.

Na sugundu fiada, "Duturna Sta Mandinti", skritor tisi manga di manera ku nô tá lida ku duensa na nô tera. Suma ki karakteriska di nô pubis, duensa nunka ká tá limpu, si vizinhu ká dana nô fidju i futseru. Tirseru fiada di livru, "Barimpa, ku si fidju, Djimba, ku Sambaturme" bin mostranu rialidadi difisil ke nô piskaduris tá pasa na mar, ke tá ariska sê vida pá pudi sustenta sê familia i ke manga di bias tá tirmina na kasabi. Nes mesmu fiada, nhomikas, uanés di mar, sinanu rispita natueza [maron di mar].

Na kuartu fiada, "Ministru na Bakia Duturna", diskarna di nô pulitikus na disgrasa bida di katorzinhas tisidu suma kankru ku na leba bons almas di fidjus di Guiné pá kaminhu di n'tola sunhu di un povu. Na kintu fiada, "Kabaz di Abota na Mandjuandi", Uané di kaneta rikupera papel di abota pa lembrantanu di kuma ke no ta djudaba kumpanher safa misti di n'utru baziadu na onestidadi di palavra. I tisi tambi filuzufia ke sta pur ditras di kumé-kumé ku papel di mandjuandadi na susiedadi guinansi.

Pa fitcha, ultimu fiada, "Susiedadi di Tia Delfina ku Barimpa", bin mostranu di kuma, "Deus i ka mal mandadu". Tia Delfina ku Barimpa konsigui kumé sabura di sé kalur i é manda Duturna ku Djimpa studa na Dakar. Mas sirujion di kaneta ka pudiba kaba konta é pasada sin distapa tampu di serku pa mostranu fedura di no ratus di retret. Asuntu di falsifika diploma tisidu pa mostranu kuma, "ê na nota tudu, ê findji kuma ê ka na nota. Bissau, kila munda."

Mwalimu Baldé,
Londris, Inglatera
16 di Abril 2024

KAPITULU I

TIA DELFINA DI MINDARA

Mindjer di si era ku bera
Ku si spera
Na beku di kada fera

Iten bá un mindjer ku mora bá na un bairu tchomadu Mindara, na Bissau, pertu di fera di Bandé, tudu guintis, mininus oh, garandis oh, tudu guintis tá tchomal bá son tia Delfina. Bida fasil sedu bidera. I tá fasi bida na bekus, na fera, na lumus, té na purtus, na kualker kau son ku pekaduris tá djunta nel, tia Delfina tá pensa na kusa ku pudi tené nogos lá. Dia ku nogos kuril sabi, kualker alguin ku tchomal, i tá kudi si dunu sabi sabolada:

- "namun"! - As bes i tá kudi asin:

- "digu"! - Má dia tambi ku sol mansil rabes, sorti rapasa kel, nogôs ká kuril dritu, inda dia ku ês kudadi di bida ku na bida bidadu, tudu dia ku sol na mansi ku guintis tona bin solfal paz, kil dia i tá djunda si boka tok i tá djusta ku kanhutu di omis garandis Fulup, kil dias, ninsi i soronha mas ku para i tchomal son:

- tia Delfina! - Bu ta sinti i ruspundi bas di garganti:
- tia Delfina ku sai na nundé, ami i ermon di bu mamé?

I mora bá el son ku si fidju fêmia, Duturna, digu, elis dus ku Deus, na un entra bu sai, ku si baranda altu, ku kuatru digraus di skadas, tudu simentadu, kontudu mé, barandas bin kopoti-kopoti tudu na un burdu, na ladu skerda, pabia tempu di tchuba, si ê misti pila tcheben ou mankara pá fasi kuntchuru, na baranda kê tá pila nel. Si kasa kubridu ku azingui, má sin tetu, digu, n'tudju, ku dus janelas, un son na pontada di kuarti, utru na pitu di sala. Paridis robokadus dritu kaba i kadjadu branku fandan, dentru ku fora, falta son ladu di kintal, pabia kal ku cimenti ká tchiga pá kontranda kasa tudu.

Na baranda di kintal ki fasi si fugon. Pá i pudi tadjá rafelga tempu di tchuba, tambi pá pudi tadjá udjus di guintis ku tá pasa-pasa na kaminhu sinhu, lungu di si baranda. I randja kuatru fodjas bedjus di azingui i perga-perga elis na firkidjas, na ladu nundé ki tá finka fugaderu nel pá kusinha.

Na kuarti, pertu di baranda di kintal, lá ki monta si kama di feru, ku si tenda, ku roti-roti bá djá. Má suma i mindjer di sirbintia, ora son ku purmeru tchuba tindji, antis di i kai na tchon, nin i ká tá pera pá i tchubi, ku fadin pá i pera i lagua, tok miskitus bai bota ovos, ê padi na pot-pot. Tia Delfina tá pega na si gudja ku linha i tchapa-tchapa si tenda. Tudu burakucinhus, nin kil miskitus mas nherbet, suma midju di boka, ká tá konsigui odja nin un kau pá i entra nel.

Má suma kau di tia Delfina ká tené bá nin fugon dentru di kasa, ku fadin dispensa, suma kil kasas di tera branku, pabia di kila, tudu dia, ora ku avé Maria toka, na fuska-fuska, tia Delfina tá rukudji si mandusias, si tudu kusas di kusinha kel dentru, i tá bai rumal na un kantu di kuarti, má tudu kusas, desdi:

- si fugaderu di dus bokas

- si banhera di m'borka pratus

- si baldus di iagu

- si panelas di kusinha mafé ku kil di arus

- si pilon di pila tempra, tambi ku kil pilon ku pó di pila aruz, midju basil ku mankara.

Dia ki kusinha rindidu, si si mafé sobra na panela, m'bes di i pul na un kantu di kuarti, nundé ki tá ruma tudu utru mandusias nel, nau, i tá pul nan pertu di kabesa di kama, kuas ki tá m'bosa nan di sil, kaba i tá dita ku si pó di pila malagueta. Faladu kuma djisilin ká dibidi kema ku bedja dus bias. Disna di dia ku gatu di visinha entra i kumel mafé ki n'tesa pá djanta di utru dia, tia Delfina pasa tá durmi ku si pó di pila tempra, suma kombatentis, kilis ku liberta nô tchon, kilis ku tá durmi bá son ku un udju fiitchadu, utru udju na bisia maranhas di kolons. Kombatentis di tempu antigu ká djuntu ku esis di nô tempu ku tá durmi ku tudu udjus ku ê tené, ku mons di simolas, kabisbaichu na batentis di politikerus n'dantafus. Tia Delfina tá pui si pó di tempra suma kil kombatentis di tempu antigu, bá M'bana Kabra, bá Botna M'batchá, bá Gabi na Fantchamna, bá Gazela... ou suma montiadur ku si arma na matu medunhu. Ku si panela di mafé di amanha, tia Delfina ká tá brinka, pertu di si kabesa di kama ki tá pul nel, kuas ki tá n'kunha nan kabesa kel.

Duturna, si fidju fêmia, tá dita si tras, na ladu di paredi. Tudu utrus mandusias, suma mala di si mortadja, tá fika na utru kantu di kuarti.

Na Mindara, puku djintis kunsi papé di Duturna, homi di tia Delfina, manga di guintis tá fala kuma i masa nan mina na zona di n'teramentu, dipus di guerra di 7 di junhu. Utrus tá fala kuma i bai pá Gabu Sara ku un djamakosa. Faladu kuma i un mindjer bonita tok i firia, kuma si bu odjal, nin bu ká na osa pul bianda kinti na mon. Un mindjer ku tá bin bá bindi liti durmidu na fera di bande, disna tarda, otcha tia Delfina panha bariga di Duturna, ku omi di tia Delfina n'grasa ku kil djamakosa.

Kilis ku ká gosta nan di tia Delfina, nin ê ká tá pensa dus bias pá kalunial, pá danal nomi, ê tá fala kuma i tchiu omis bá el ku manda i ká sibi kin ki i papé di si fidju. Ninguin ká tá osa papia si dianti, má suma noba ka tá pidi pasadju, kalunias tá bua ná bentu, i tá sardia moransa tok i tá kai ná si oredja, kil ora, i tá fala:

mindjer fêmia ku fiansa pá i bin kontan na nha kara kin ki papé di nha fidju, nha Du! - Du i nomi di mimu di Duturna. - Nha kindin-kondon, nha fidju di kansera, pá kil mindjer fêmia bin, kontan ná nha kara.

Suma tia Delfina ká tené bá un tarbadju nundé ki pudi recibi fin di mis, kaba el i mindjer ku ká gosta di pidi fabur, ku fadin pista dinheru, anta pá i pudi kumpra kumida, ropa ou livrus, kadernus ku lápis pá Duturna, i ká tá dibi ninguin, nin si amigas kuantu mas kil omis n'farus di prasa di Bissau: - pabia ê tá pensa djanan kuma bu misti nan elis - pensamentu di tia Delfina. Pá i ká bai firma i distindi mon di simola dianti di porta di alguin nin pá pidi, ku fadi pá pista, tia Delfina resolvi pasa korda ora ku purmeru galu di Mindara kanta, i tá lanta ku fé na nhu ardeus, lens na kabesa, si bolsa na sintura i ku pés na tchon, i tá mara si sindjidura na rabada i madruga purtu kanua, i bai djuda piskaduris kumpu pis. Ora ku ê korta kabesa di bagri, kurbina ou barbu bu tá sinti i fala:

- Nha fidju, ká bu bota kabesa, di fabur, pun el ná nha banhera!

- Bu mistil, tia?

- Sin nha fidju. - i tá pára si banhera, as bes ê tá patil tambi manga di pis n'tidu pabia i tá djuda elis, kaba si bon manera di papia tá molisi piskaduris korson, si manera gustus di fala mantenha ku si manera n'dosadu di gardisi.

- pá nhu ardeus paga bôs, pá i libra bôs di tudu turbada, tudu makareu ku tudu samabaturme, di tudu mal, pá i kontinua bisia bôs noti ku dia. - asin sempri ki tá kaba si gardisimentu, antis di i karga si banhera i mundu si kaminhu, kontenti, pá kasa.

Ora ki tchiga kasa, pá si pis ká dana, i tá cabal mas tudu, i n'tesal i kunsa rakada, dipus i tá bai djunta-djunta si muedas i djanti fera di Bandé i bai kumpra dus sukulbembés, tris kubus di gustu magi ou aginumoto, quatru mangu di tera. Má, dia ki ká otchá mangu di tera, i tá kumpra foli-badjuda. Si ká otchá non mangu ku fadi foli, i tá randjá tambarina. Ora ki tchiga kasa, i tá kabanta tempra kamfurbat i disal pá i marina na ferba, tok temperus tá entra té na ôs di pis. Ora ki kaba tempra si kamfurbat i tá pul na un kantu di fugon i kunsa kusinha si djanta.

Ditardinhu i tá bai fera di N'unhi bunda, as bes tan i tá bai fera di tambarina, i tá bai pirbita kadjolas ku bideras ku tá bin di Biumbu, di Kinhamel ku Prabis ou kilis ku tá bin di Bula ku Có… ora ku ê ná riba pá sê tabankas, kil ora, bu tá sinti kada kin ná fala:

- Nha kambia nha dan bidon!

- Si nha ká tené kau di pui n'na darmal!

- Kil ora, tudu videras tá tené son dus kudadi:

- pá ká pirdi ultimu kandonga;

- tambi pá ká riba sin sê bidons.

Asin ku tia Delfina tá intchi si dus bidons di 25 litrus i ná n'djenha kel pá bai, i tá ianda i ianda i ianda, ora ku djudjus ku ombras pirguisa i tá finka bidons na tchon i sinta riba delis. Té ora ki rukupera forsas i tá djanki mas si bidons i na n'oti-n'oti ku di sel pá bai tok i tá tchiga kasa.

Ora ki tchiga kasa, i tá odja Duturna sekal seis pilhas bas di sol, i tá ieri-ieri sal kokobaru riba di pilhas pá ê pudi volta ganha bida, pá ê rekarga mas rapidu, pá bin pui na turbu-bas. Tambi Tia Delfina tá odja Duturna sindil tan fugaderu bá djá, disna tarda, pá i bin kabanta fasi kamfurbat pá bafatoriu. I tá bai buska mafé, ki santani otcha i tchiga di purtu. Ora ki pui panela na fugaderu tok i kunsa firbi, basta i distapa panela di kamfurbat, tcheru tá toma konta di ruas di Mindara, kada kin tá fika ku iagu na boka. Manga di guintis tá misti bai kumpra, ninsi bafatoriu son, pá bai kumé ku pon ou pá bai pui na sê kuntangu.

Ora ku kau na kunsa sukuru, Duturna tá pui pilhas na turbu-bass, si mamé tá falal logu pá pui kaseti di Patcheco di Gumbé. Suma Du kunsi bá djá musika ku tia Delfina mas Gosta del, kila logu ki tá kunsa kel:

> *"…nha fêmeas falan,*
> *Patcheco n'kana padi mas,*
> *ami n'na padi*
> *son na anu ke n'otcha omi oh…"*

Ora ku pó ferus sinti musika na bati, melodia na bua na bentu pá bin ku ritimu kinti di Gumbé, m'buldjadu na fala gustus di un fidju di tchon, fidju di Mindara, kumpanhadu ku tcheru sabi sabolada di kamfurbat di kabesas di barbus as bes kabesas di bagris, tempradu ku mangu di tera verdi, ou foli badjuda, ku sukulbembe ku gustu maggi ou aginumoto, kil ora, rapasis tá kunsa ria puku puku pá baranda-bar di tia Delfina. Kau tá intchi tep-tep, tok ku asentus, muchus ku turpesas tudu tá kaba, kau di sinta ká tá bin ten nan propi. Guintis garandis, kil mas makukus, tá bin bin mas tardi, ora ku ê tchiga tan, mas nobus sibi djá kal ki regra di tia Delfina, mas pikininus tá lanta ê dá kil mas garandis kau di sinta. Si kontra ê ká kaba bá kumé inda, ê tá sinta ê prinda pê na ponta di baranda ê kontinua toma sê petchô, nas kalmas. Kaseti di Patcheco tá tok i kaba, Duturna tá bin i viral i tona kalka mas play ê ban kel. Asin ku ê tá subi ku noti na baranda di tia Delfina tok bidons di binhu di kadju tá seku kan, pá guintis kunsa paguidja, pá tia Delfina kunsa rukudji si mandusias i kunsa kamba kama i dita. Tudu sexta fera, sabadu ku dumingu, baranda di tia Delfina ki kau di kontrada mas importanti di moraduris di Mindara, as bes, manga di guintis tá sai di Renu, di Misira, Tchapa di Bissau, N'ghala, té di Belém ku Bandé pá bai prova i tustumunha tuada di sabura di pó di buli di tia Delfina di Mindará.

KAPITULU 2

DUTURNA STÁ MANDINTI

"Si bu fala mandinga kuma bu kunsi flanu dritu, i tá puntau kantu tempu ku bô mora djuntu?"

Manga di tchubas ku tia Delfina mora na Mindara, má nunka si vizinhus odjal ku fadin obil na konfuson ou na djusia ku algin, kuas ninguin ká sibi bá nada di tia Delfina ku fadin di Duturna! Faladu kuma si bu misti sibi kuma onsa brabu, buli si fidju. Un bias Duturna notisi ku febri, tudu dia, na kada kaida di sol febri tá kunsa, kurpu tá kinti kel uit, suma fugaderu di n'fernu! Tia Delfina lebal Simon Mendis, i dal suadura tok, nin ku sin, sison ká largal si Du, ninsi i kubril mas ku seti mantas di tempu di kunfentu, asin ku mininu tá kontinua tirmi di friu, tok dintis tá fika ê na madja na kumpanher. Korson di tia Delfina ardiga, tudu ki faladu pá i fasi i tá fasil, nin ku sin, kabesa di Duturna kontinua kinti son, boka ká sabi kel, tudu ki pui na boka, si ka fala i dos tchepet, anta i na fala i malgos suma fel di lubu. Kurpu ká pára tirmil, i tá fala tia Delfina:

- aí mamã bambum, bambum mamã! - ala tia Delfina rabata si kindin-kondon i pui na kosta. Ora ki kansa stá na kosta i tá fala:

tenpasensa mamã pembin nan, pembin. - kil ora ala nha Delfina pára tudu ki na fasi, i tá rasta si turpesa i sinta, i dismantcha bambaram, i vira si fidju un son, si uniku dinti di pilon, si balur di kansera i pui na ragas. Asin ki na balansa si pernas pá mima i nina si Du un son, nos febri tá pasa. Ora ki palpal kabesa i sinti i kinti, i tá pupa na sintidu:

- Ai sakur ohh sakur! Kadera di dari! Sakur, sakur, sakur! - i tá miskinha son na si kidadi, pá ká mostra si fidju si foronta, si kudadi, ku fadin pá kila bin n'tindi kuma i n'kispa.

Otcha duturna na kompleta kuartu dia mandinti, tia Delfina kunsa diskunfia kuma febri di Duturna ka limpu, ou ninsi i limpu tan, i ka dibidi limpu pus.

Suma i tá bindi binhu di kadju ku kamfurbat, manga di guintis, ora ke ê tchaskia, ê tá larga ôs di pis na tchon. Kil osis ku gatus tá bin-bin mansirka ora ku kau kala iem, ora ku guintis tudu na durmi. Antis di Duturna stá bá ku febri, tia Delfina tá kontenti bá, ori ki i sinti gatus na fasi arabata-rabata asumbulele na rua, ora ke ê na gueria bá pá kil restus di ôs.

■ io bô ban kel, bô djudan bari kau pon. - Má kil dias ku Duturna duensi, tudu guintis tia Delfina kunsa diskunfia del, gatus oh, si vizinhus oh, nau nin un rasa ka kampli julgamentu di si pensamentu. Asin ki tá dita i ka tá konsigui durmi, si kudadi na kamba di vizinhus pá vizinhu, asin ki ruma kada kin ku si muntu di diskunfia, tudu guintis. Ora ki pensa na kil mandjakus i ta falá:

- n'kuda bô n'gabadu kuma bô tá bida lubu, má i ká na nha fidju dê. - ora ki pensa na kil kristons ku mora lungu del, i ta fala na si sintidu:

- n'ka kiri sibi si abôs i kristons di Katcheu, di Farim, di Djiba ou di Blama, si bô n'gabadu kuma bô ta sindi dinoti, ami propi Delfina ami ku na tira bôs nês bô tira rabu di katen borgonha! Li ke n'na mostra bôs, didia uan, kuma nha fugaderu i di dus bokas. Ká bô maina bin, bô na otchan sikidi li suma nhara sikidu, suma mindjeris balentis di guiné. - Asin son ku si n'sonia tá kumpanha noti. I tá dati i vira inda i palpa kabesa di si fidju, si sinti i kinti i tá bai modja un padas di tuadja, I pirmil un bokadinhu i pul na testa. Ala i kontinua mas ku si kudadi, si diskunfia na vizinhus Balantas, ah i pabia kilas tá bida lagartu, bô tá lambu di guintis, má na nha Du, bô maina! Ora ki kamba pá vizinhus Mankanhis, i pabia mankanhis tá fuguia ku dedus... nin un rasa di vizinhansa ká tá kapli. Má kin ki i mas ná diskunfia bá del, i un di si vizinha ku mora el son, di kor klaru, kabelus branku kel na kabesa, as bes i tá ianda ku bingala, pabia djuntas tudu n´katcha bá djá kel. Má dia ku djuntas, djudjus ku alkatras nega kel, kaba i ka tené bá nin un ratusinhu ku fadin fidju. Son kiria gatus, si gatus tá gurdu nan mus, ê kaba ê pisadu sip, ku sê kidjas gora ku tá nali kil mofinus di Bissau ku tené kursu di Ministrun'dadi, kils ku na tudu tipu di gubernus ê tá mati, gubernu di skerda, di direita, di riba ou di bas, I ká m'porta, ê tá mati, sedia son só fugon ká paga! Kaba mindjer di guinti tona tené nomi di Feia. Si bu sinti i na n'gaba Duturna, i tá falal:

- Du bonita! Nha kodé! - tia Delfiana tá n'ulil i limpa garganti, kil ora, Feia tá muda diskursu.

- Du bonita, kodé di Fina "Fina di tia Delfina" dia ku bu mamé kasta ami ku na toma konta di bô, na bata kudjiu karanga, n'tirau djigan n'kaba n'tufliu kabelu, m'puu kontas, koris-koris, na pontas. - kil ora tia Delfina da ruspundil santadu:

- Anta Duturna tá tené djigan ou karanga, nada bô, ê míninu tené sangui malgos, nin miskitu, ou rabi ká tá murdil!

Gossi suma febre di Duturna kontinua, diskunfia di tia Delfina mas kirsi. Un dia dinoti, otcha guintis tudu na durmi, Tia Delfina lanta nun pritu, suma ki bin mundu, son si lens di seda ki mara kabesa kel ku si dus tampu di kasarolas na mon, i sai na rua, i kunsa ratcha mal fedi, kil malis ku son ativistas di nô djorson tá osa ripiti! Tia Delfina toka palmu ku tampus di panelas, i konta kombersas i sardia si rua, bas ku riba, pá moransa tudu sinti:

Kin ku pui si mon di futis na nha fidju pá si dunu maina, pá i tira, si pega pá i larga, pabia Duturna ku bô odja sin, i ka djuntu rasa ku bôs oooh, anta pá kila, bô largal, bô larga nha fidju, si ka sin, i na sai bôs di dia uan, suma fison na udjus di galinha! Li ke na mostra bôs kuma nha fidju i Mandjaku djakasidu ku Balanta, Fula ku Geba, nin un fiu di si kabelu ká na falta na si kabesa, nha mistidas pudi maina nan, má na konta si fius di kabelus, un son-un son, nada kana otchal"! tia Delfina kontinua sardia i na madja-madja si tampus di panelas i na manda si rekadus na moransa. Kontra i pertusi janela di kuarti di kasa di Nha Feia, kil ora, i suta tampus na n'utru ku mas forsa inda i kunsa guirta: ami n'ka ten kulpa si algin ká ten bambaram! Kin ku ká ten bambaram pá i mundu kaminhu pá Forombai di Katcheu ou di Farim, i ká nha kulpa, anta i ká nha fidju ku si dunu na bin panha! Si bô ká misti tan bai pidi bambaram na Forombai , bô randja fidju di ôs bô pára kiria gatus ku kabesa di kikia matchu, bô fasi kil ku bô misti ku bô bida di baka sebada, sedja son bô tira bô rabus di futis'ndadi na kabesa di nha fidju! Bô iauu, krus kredi, diabus di n'fernu! *"Djankadins, kotinama"*, sis! Si bô pensa kama Duturna konkonhi nan, bô stá n'ganadu, muitu n'ganadu, kaba i ká djuntu rasa ku bôs dé.

Tia Delfina kaba ratcha mal, i n'ghunhi bunda, nun pritu pá tudu portas di vizinhansa i kunsa entra dentru, i bisti si afeteré chapa-chapa, i kata un kaneka di iagu na puti i firianta si pitu, i kaba i modja un padas di tuadja i pirmil un bokadinhu i tona pul na testa di Duturna pá djuda rapatil febri na kurpu, dipus i kamba kama i dita, ku si pó di pila tempra n'kostadu na kabesa di kama, suma nô kombatentis, kilis di tempu di kolon.

Parmanha sedu, tia Delfina korda, antis di i lanta di kama, i palpa kabesa di Duturna, i sinti i firia, kuas nin febre i ka tené kil ora, nin ku sin, tia Delfina lanta i bai kebra ramus di kinina na kintal i firbinti mas i dal suadura antis di Duturna bai pá skola.

Duturna bai pá skola kontenti, tia Delfina pega si basora i bai bari baranda di rua, kunformu i na bari i na sukuta kin ku na pidil satisfason pá malis ki ratcha dinoti, disidida kil gora i stá bá pá ribanta, tudu kin ku atrivi kritikal, pá nundé ku si mamé tiral nel. Tudu guintis ku korda dipus del, falal mantenhas sabi sabolada, si vizinhus ki fila porta kelis puntal kuma ku Du mansi, i ruspundi elis dritu. Má otcha nha Feia falal mantenha son, kil ora i para bari, i ialsa kabesa, i suta bunda di basora na si anka direita tris bias, i ialsa si pitu riba suma Dubales, i sikidu i na sukuta si kontra Nha Feia na atrivi fala kuma i botal ditu dinoti.

- Bon dia nha kamara! Nha Feia falal mantenha ku fala mas n'dosadu, nin falas di rainha di kumpo riba trás.

- Bon dia Feia. Tia Delfina ruspundil di manera karankuda, bas di garganti. Suma Nha Feia i ká nin un m'babá, i n'tindi kuma tia Delfina kasta ku rustu di kin ku misti tchalasa, i rabida i falal:

- N'sindi belas na nha santu, n'rasa pá Du! Si mon di pekadur mati na si febre, pá nhu Ardeus monstranu si dunu didia uan, pá i pui si dunu batá kokó pés na ruas di Mindara pá bai! kil ora, tia Delfina falá na si sintidu:

- ês ku mandjaku tá fala, si bu sinti algin fala safrai namanha purmeru, pega si trás. Nha Feia kontinua:

- Nha kamara nha fasi dritu dê, si fidju ká sinti kurpu, padida ten ku lanta. Bon mindjoria pá Du.

- Amin, nha kamara! tia Delfina ruspundil, ês un bes, má i ká bota si seti pedras di diskunfiansa, i kabanta bari baranda, bas di baranda té bera di strada. Antis di Nha Feia bai, i ká pirdi opurtunidadi di fasi tia Delfina n'tindi kuma i obil na ratcha malis na mandinga:

- Nha kamara, má nha obi mandinga dê! tia Delfina falal son:

- nharasi, na rua sin lei ke n'kirsi nel, na Pulun, lá tudu rasa stá lá, kabrianus oh, Fulas oh, Mandingas oh, tudu stá lá.

Duturna riba di skola sin febri, tia Delfina kontenti tok, má nin ku sin, i falal, ora ku avé maria toka, n'na dau mas suadura di kinikna ku eukaliptu, pan n'djubi si ê febri ká na bai di un bes. Duturna mé ká misti bá toma mas suadura, má kuma di fasi? i ruspundil: I stá bon mamã, ora son ku bu misti.

KAPITULU 3

BARIMPA, KU SI FIDJU, DJIMPA, KU SAMBATURME

"Faladu kuma fundura di mar ká tá mididu ku pé!
Si ká pabia di fodjas di tarafis ku manta di céu, nunka
si iagu ká ná tchiga di verdi ou azul bá!"

I era bá un dia ku Lunghada n'gana piskaduris, tê kil piskaduris djitus, kils mas spirientis panhadu di surpresa pá m'buruta di turbada ku forsa di mundu n'tidu. Kil dia, mar dita di kosta i nega ku pó di kurpu far, mar rebela, bentu, un Santa Maria di bentu ku di repenti djunta forsa ku tchuba. Asin ku bentu na ragasa maron, maré na bacha bá ku forsa, suma ku tchomadu na polas. Barimpa ku si tudu forsa, má i ká na konsigui bá djá kontinua rema kontra maré. Tudu rema ku ê rema, i tá stá nan suma si ê sikidu na kil un kau. Si ê pára rema son, ala sambaturme na rasta elis kanua pá udju di mar, na bokana di riu, nundé ku korentis di iagusibibu tá kontra nel, ê forma udju di mar, kil ku omis di tera tá fala urdumunhu. Barimpa i era bá un katibu di omi, omi di si tamanhu, si firma kabesa kuas tá toka n'tudju. Forsa nin M'pal Mutcha riba tras, ku si kadjikis di muskulus na tudu ladu di kurpu. M'buruta di pitu, suma kin ku sukundi dus katchus di tchebens, un son na kada ladu di pitu. Asin ke ê n'tema rema, afam, kontra maré. Si fidju, Djimpa, ká pudi bá djá kontinua rema, ombras lati kel tok ê bida ê moli potok, suma ku sutadu na furta mangu di pepelis.

- Ai papá, n'ka na konsigui rema mas, nha mons lati, ê moli tudu ku mi, n'kansa.

Kil ora, papé misti falal pá i ká pára rema, si ká sin maré na rasta kanua pá udju di mar, má suma el tan propi papé lati bá djá, i ká pára rema son pabia el ki papé, el ku ten di kuida pá ká nada di mal otcha si fidju, pabia di kila, i kontinua rema, boka kaladu.

Asin ku iagu sibibu pustema elis kurpu tok. Bentu kontinua ragasa maron i fertcha dentru di kanua. Suma iagu na entra son na kanua, Barimpa na luta vira popa di kanua pá ká maron bati na pontada di kanua. Djimpa pega un balducinhu i na tira iagu kel, ora ku maron pui el i tá tira i torna na mar, maron tá torna kumpra forsa i bin mas i madja na pontada di kanua, Djimpa tá torna kata mas i darma na mar...

Má kin ku pudi ku mar ku rebela? Ninguin gora dê.

Guintis sikidu na purtu di Bandé é na djumpuni pá bokana di riu, son alguns kanua di motor ku stá bá pertu pá tchiga, má nin kil kanuas di motor tan propi atrasa bá djá tok. Bideras sikidu ku sê banheras limpu ê na kuda bida di piskaduris, ê na kuda tan sê fugons, ê na kuda skolas di sê fidjus, sê omis ku foradu djá mas di seti mis ê ká pagadu... bideras ku sê kudadi, ê tá karga banhera na kabesa, ê ianda di un burdu di purtu pá utru, ê tá rianta banhera ê m'bosa na pontada, bas di sabaku, ê sardia mas ku kudadi di un ladu pá utru, ê tá tona sinta na sê ordidjas, ê distindi pés, ê lambu sê banhera limpu ê pui na ragas, ê na kuda, ê kuda, ê kuda. Kada kin na kuda i na rasa pá pior ka akontisi. Tia Delfina na ianda di un ladu pá utru, i kuda, i ka misti pensa na pior. Ora ku mau pensamentu bin pa si kabesa bu ta sinti i fala:

- Figa oh figa! Figa kanhota, kredi, krus kamaroska ku ê sambaturme! Figa, figa, figa"… asin ki na ianda di un ladu pá utru na purtu, djuntu ku utrus bideras, i tá karga tan si banhera limpu na kabesa, i rienta i pui bas di sabaku, i finka na tchon, i ta sinta i lastra pé, i lanta i sikidu!   — "Figa, figa, figa…"

Mar kontinua ronka si forsa riba di omis na mar, pitus di mindjeris bideras ardiga na tudu purtus, disna di Puntu Cais, Pindjiguiti tê na Purtu di Bandê, nundé ku tia Delfina stá nel. Si kudadi kil ora i son pá si amigus n'tranka na purtu, ku bida, saudi ku salbamentu.

Na bokana di riu, Barimpa ku si fidju, na n'tema na rema, ê na n'oti-n'oti, ê na luta ku fê na Deus, kontra forsa di mar, ku forsa di bentu ku di tchuba. Di repenti, dus nhominkas ponta lá, ê na bin sê trás, ku sê kanua di motor. Kil ora, Barimpa tira kamisola burmedju ki bisti bá, i kunsa sana, pá pidi sakur. Suma i pára rema pá pidi sakur, forsa di iagu tona vira kanua i dá maron pontada. Kil ora, mar stá nan suma ku mas raiba pabia Barimpa na pidi Nhominkas pá sakura elis, lá ki mas rebela. I tá lambu kanua té riba i latchi, i tona lambu té riba i latchi, terseru bias ku maron lambu kanua, kanua kuspi Djimpa fora i botal na mar. Barimpa pára pidi sakur, i distindi remu i falá si fidju pá i sugura ku forsa. Kila tchapa ponta di remu, papé na tenta ialal.

Nhominkas ku sê djitus, sê spiriensia, ê vira sê kanua suma ku na fasi vontadi di mar, ê virá suma ku na riba pá trás, é na n'goda kanua na maron, suma badju di mandjaku, ê tá bai pá dianti té ê tá riba mas pá tras. Kil ku stá bá na lemi, i resolvi disliga motor, i sugura son na lemi, i lanta i sikidu, i ialsa mon i na sinala Barimpa pá falal pá ê tené kalma. Kil utru nhominka, ku sinta bá na metadi di kanua, kunsa bota ridia di ramas na iagu, si kolega na filanta lemi, kunformu un son na larga ridia, kil utru na filanta lemi, asin ku ê n'goda mar ku si maron tok ê tadja kanua di Barimpa. Bu tá pensa kuma ê sibi bá djá kê ku na bin akontisi.

Barimpa, na tentativa di tira si fidju na mar, i pirdi kalma, otcha ki i lanta i firma, i masa na prua di kanua, i m'pina pá iala si fidju, ku sugura bá na ponta di remu, m'buruta di maron ku taponial, digu, i dal palmada na rabada, i fertchal dentru di iagu, lungu di si fidju. Kil ora, fidju larga remu, i sugura na ombra di si papé, papé kila sugura na remu, ê na tenta nada elis dus, kanua na boia na un burdu, i na larsi delis punku-puku. Kunformu ê na n'tema pertusi di kanua, kila fika i na larsi delis, suma si kontra mar misti nan fasi elis manel-manel, suma si mar na n'gana elis, i na n'goda elis, i na rasta kanua pá udju di mar. Grasa a nhominkas ku stá bá djá pertu delis, kil ku stá bá na lemi, kontinua sikidu, suma nharasikidu, pá ká pirdi elis di vista, pá nin un bokadinhu i ká tira udju nelis, kil ku sikidu ku guirta i fala Barimpa ku si fidju:

Ka bô bai trás di kanua, ka bô bai! Kila ki misti. Nhominkas tá papia di mar suma si ê na papia di aguin, má i ká di un aguin kualker, ê tá papia di mar ku kispitu di un Reinha. Kila ku pui ê na fala Barimpa pá ká bai trás di kanua pabia kila ku mar misti, n'gana elis, tira elis un kusa di balur pá ê bai kai na udju di mar, sin ê saporta, suma tolês bedanda, suma m'babás. Asin ku mar tá kumé piskaduris. Mar tá n'gana piskaduris, suma ku kus tá n'turdja tchamiduris ku dingui na kaminhu el son ku si moku. Si té mar kalmu i pá rispita, ku fadin mar brabu, mar ku kumbida turbada ku tchuba pá ê djunta ê rebela kila i di lundjisi.

Nhominkas ku sê sabiduria, sê djiresa, ê péra tok Barimpa, si fidju, Djimpa, sê remus tudu ku sê kanua kai na sê ridia, ê iala elis, ê mara kanua trás di disilis, pá dipus, ê kunsa liga mas motor ê fekil pá purtu di Bandé, ku bida, ku saudi i ku salbamentu.

Kontra ê tchiga Purtu di Bandé, kontudu mê, Barimpa ká fala un uniku palabra, nin un obrigadu ou un adeus, má i barsa nhominkas risu, suma ku malilas tá barsa palmeras. Tambi, elis tudu i omis di mar, tê lingu di Lunghada ku strelas ê tá n'tindi, ku fadin un abrasu dimoradu, kil pudi bá sedu son sinal di gardisimentu pá manera ku é salbal si bida ku bida di si fidju.

Barimpa kontinua ku kasabi na rostu ku na alma. I mara si kanua, boka kaladu, i vira i djubi bideras ku sikidu bá lá. Otcha i kontranda udjus ku tia Delfina, i odja larma na lagua kila na rostu, i bai barsa tan kila i kaba i fala si fidju pá i pui tudu pisis, ku ê sobra kel, na banhera di tia Delfina. Tia Delfina nega, i falal nau nha fidju, má Barimpa fasi kiston di n'sisti pá tia Delfina fika ku tudu pisis i fasi kil ki misti kel. Barimpa bai ku si fidju, pá sê kasa, na Kuntum, ku korson disabidu. Kada bias ki lembra kuma mar misti bá fika ku si fidju matchu, si korson tá kaba fep.

Tia Delfina, suma mindjer onesta ki sedu, di korson limpu i puru, i ká misti bá fika ku kil pisis pá rel, nin pá bai kumel, ku fadi pá i bindil i fika ku dinheru pá rel, nau, el i ká mindjer pá ê tibu di komportamentu di bandi salons, tarpaserus, komportamentus di trafikantis di drogas ku tá mafia ê sabotia, ê tá mata sê kolegas, si pirsis! Nau, tia Delfina ká tené korson pá ê tipu di kusas di susidadi. Dapi i tá nudju kil pulitikus kakris na kabaz, kilis ku tá fasi n'ventonas pá pudi rienta sê kolegas bas, pá ê pudi sibi pá topitu di kumpo. Tê kilas, tia Delfina tá n'djuti nan elis suma bitchus di kortinhu. Má, suma na prasa di B'sau, nô kunsi n'utru tudu, dia ku tia Delfina ianda té i dati i kontra ku un di kil pulitikerus fufafus, kil darnakos, i tá skara, ku tudu si forsa, i kunsa kuspi pá ladu. Tudu kin ku kunsil dritu, sibi kuma el i ká mindjer di fika ku dinheru di fugu, kuantu mas dinheru di omis ku kuas pirdi bida na mar. Má suma pis tchiu, kaba i sibi kuma i ká tené forsa pá karga ki banhera ku intchi pis tep, pá i ianda kel tê si kau, pabia kila na kabanta bá iebal si pitu ku kansera ki B'sau pustemal bá djá. Anta pá kila, Tia Delfina resolvi tira panu legos, ki mara bá na ragaz, riba di spera afeteré, i distindil na tchon, i marka pis nel, muntu-muntu. Asin ki bindil buk, i panha si panu i sakudi, i bai feti-fetil na iagu salgadu, i pirmil i fasil ordidja i largal dentru di banhera, i pui banhera bas di sabaku, i kunsa mundu kaminhu pá kasa, sin pis, nim pá mafé ku fadi pá kamfurbat. Son kudadi di brabesa di mar ki riba kel na sintidu.

I tchiga kasa, i rakada dinheru di pis ki bindi djuntu ku si mortadja, nin duchilin i ká tira lá. Kil dia, nin djanta i ká kusinha, nin fera i ká bai ku fadi bai fera ti tambarina buska binhu di kadju, nada i ká pudi fasi kil dia, kudadi solfal aninu.

Dinoti, grupus di rapasiadas tá bin té bas di baranda ê ta punta:

- Tia Delfina, anta nada ká ten aôs?

- Aôs n'ka sinti kurpu, nha fidjus!

- Bon mindjoria pon.

Rapasis ta kurba ê bai rua di trás, kau di un utru mindjer pepel ku kunsa remenda tia Delfina. Má suma ku garandi di Katcheu ta fal: "manda kusi kasaku suma di manga flanu, si bô ombras ka djusta, si ká pertau, anta ala bu iogoli nel uolos, suma tungnês ku pista ropa di finadu. Suma mindjeris koperantis, di tempu antigu, ku misti badja tambur, sin rabada di mindjeris di Pilun. Suma tia Delfina tá tené bá sempri manga di klientis, mindjer di rua di trás kunsa kopial, má si kamfurbat ká tá tchera sabi suma di tia Delfina, kaba si ká dos suma babu di andju, anta i na intchil mangu di tera tok ki tá forti badau, nin kin ku kusinha ku litrus di limon di Tor tá riba tras. Si kamfurbat tá iardi rapazis na stangu tok, nin un son delis ká tá misti riba lá. Má, faladu kuma si mamé muri, orfans tá mamã donas. Anta dê, suma tia Delfina stá ku kasabi ki dias tudu, tudu fuska-fuska, si klientis tá bai té bas di si baranda purmeru, si ê kodjal ê tá punta Duturna, antis di ê *returné* pá bai intchi fortuda na stomagu, ê tá bai konsola na rua di trás.

Son dipus di kuas un mis ku Barimpa rukupera forsa pá volta bai piska, má nin ku sin, nunka mas i leba li fidju. Tia Delfina bai purtu, kantu bias, ku dinheru pá n'terga Barimpa, manga di bias i riba ku dinheru pá kasa, má nunka i tchupti un duchilin di ki dinheru. Té na dia ki odja Barimpa un dia, i pui mon na bolsa ki tá mara na rabada i tira un lens di ceda, nundé ki mara bá dinheru nel, i n'tergal. Barimpa puntal:

- ▪ Anta ês i kê, tia?

- Dimantchal bu djubi. Barimpa dimantcha mé i odja manga di dinheru, nin ku sin, i ká fasi bá minima ideia pabia ku tia Delfina dal ki dinheru tudu, i tona puntal mas:

- Pabia ku nha na dan ê dinheru tudu?

- N'na dau el pabia i di bô, i bu kalur!

- N'ka n'tindi, tia! tia Delfina ka disal Nin pá i m'pulma-m'pulma tchiu, i falal:

- I dinheru di pis ku bu disan kel kil dia. Kil ora, Barimpa fika ku mas adimirason inda di tia Delfina. Un aguin ku disna tarda i gosta bá djá del son pabia di si manera di fala mantenha, si manera n'dosadu di gardisi, si manera gustus di dispidi. Barimpa ká pudi i falal:

- Tia, kil dia, n'ka disau pis pá bu bundi pá mi...

- N'sibi kila! tia Delfina nin ká disa mas Barimpa kabanta papia. si nin abô ku bu fidju bô ká tené bá kabesa ku korson pá bindi pis ku kuas kusta bô bida, anta ninguin ká meresi ê dinheru mas di ki bôs dus. Antis di moska sinti sabura di mel, baguera ku kumpu disil mas ten dritu di purbal. Toma ê dinheru, bai paga bon skola pá bu fidju, djunta-djunta tok bu kompleta pá kumpra kanua di motor, suma di kil nhominkas ku salba bô bida, kil dia.

Kil ora, Barimpa ká tené bá mas palabras pá argumenta ku tia Delfina, si ká son gardisi si onestidadi, si bondadi, si korson di padida di dus mamas.

Obrigadu tia, pá Deus pagau kil ku mas ês ku bu fasi pá mi ku nha fidju, pá i dau bida, saudi ku salbamentu, suma ku bu ta falá.

MINISTRU NA BAKIA DUTURNA

"Buru bedju tá gosta tchau di padjá nobu"

Dus dia siguidu ku un omi garandi, tá pára si karu di botons finus pá n'turdja badjudacinhus ku sai di skola ku tatika antigu di pati elis buleia.

Duturna n'dianta bá ku si dus amigas, si kolagas di bairu i di kil memu sala. Ê sai bá di skola ê na bai a pé pá kasa, di repenti un karu pára i rienta vidru i punta elis:

- Jovens, kuma ku bô na inda pirguisadu sin?

- Tio, si bu na ianda bá bas di ê sol, di certeza ku bu ká na djanti bá tan. un di kolega di Duturna, kil mas garandi di sê kaminhu, ku ruspundil. Omi garandi ká gosta manera ku badjudasinhu tchomal tio, pá kila i usa djitu di garandi.

- Nha nomi i Vlá, Dutur Vlá di ministeriu di Finansas, certamenti bu dibidi obi djá nha nomi na radiu ou bu odjan djá na televison. Ku medi di badjudacinhu falal kuma nunka i ká obi si nomi na nin un ladu, nin i ká péra pá kila konfirmal, el mas ku tona punta badjudacinhu si nomi.

- Kuma ki bu nomi?

- Marleni, má nha kolegas di zona tudu kunsin só pá Marlin.

- Ah bon, abô i di kal zona?

- Hum hum, anôs tudu tris ku n'dianta sin i di Mindara.

- Mindara i bairu sabi. N'na konfesau Marlin, bu nomi i nomi mas bonutu kê n'obi aôs, pardeus!

- A seriu, Tio Dutur Vlá, ká bu falan kila?

- Dutur Vlá, apenas. N'na jurau, Marlin, pan m'pirdi nha duas kasas di ferias na Lisboa ku Algarve. Ou mindjor, pá ká Deus ribantan ku bida di mison di sirbis kê n'na bai ná Amerika, sumana ku na bin.

- Basta, Dutur Vlá, bu ká pirsisa jurmenta. N'bon, prazer, n'ten ku bai, nha kolegas stá djá lá na kurva. kil ora, omi garandi iabra porta di karu i falal:

- Diskulpan, nin n'ka falau pá bu entra na karu, nô pudi panha bu kolegas lá dianti.

- Nau, i ká pirsis, n'na djanti m'panha elis.

- Nen pensar, ami ku atrasau, anta pá kila, n'na fasi kiston di dau buleia tudu ku bu amigas té na Mindara.

- Marleni entra na karu, ê bai m'bokadinhu ê pára pá panha Duturna ku si kolega. Marleni ku tchoma já elis pá ê entra na karu:

- Du, N'djaba, bô bin, Dutur Vlá patinu buleia, kuma i na pasa na Mindara i tá disanu na roda di strada. Windjaba vira i djubu Duturna, bu ta pensa é kombina nan.

Obrigadu, má nô gosta di ianda a pé.

Nu fundu, omi garandi kontenti manera ku kolegas di Marleni nega buleia, ki ora, i rii na sintidu. I subi vidru di karu, i liga ar kondisionadu na masimu pá mas impresiona badjudacinhu. Antis di ê tchiga Mindara, i findji kuma mon skorega na miti mudansa i toka badjudacinhu na perna, i vira i pidil diskulpa logu, antis di kila riagi. Suma i pidi diskulpa, Marleni ká falal nada, i guingui son si perna. Ê tchiga Mindara, antis di Marlin ria di karu, omi garandi tenta impresional mas un bias, i iabri porta luva, pá badjudacinhu odja masus di dinheru ki intchi bá lá, i busi alguns notas i falal:

- Ali ê dinheru pá bu batá panha taxi.

■ Dutur Vlá, diskulpa, má son ê buleia djá i tchiu, bu ká pirsisa patin dinheru, kaba mas si nha papés bai odjan ku é dinheru tudu ê na sutan, obrigadu má n'ka pudi setal.

■ Bu pudi setal sin, si bu papés puntau fala elis kuma ami ku dau pabia di bu gentileza ku pabia di nomi bonitu ku ê dau. Má si bu acha kuma ê na djusia ku bô, i simplis, ká bu mostra elis dinheru. Na bon bardadi, Marleni, nunka odja tantu dinheru na si bida, kaba i tené bá djá nuson di difikuldadi ku si papés tá pasa pá ê konsigui kumé un tiru, kaba omi garandi rapada kuma badjudacinhu fika adimiradu kaba i nota kuma kila misti toma dinheru, i rsolvi iabri mas porta-luva, des un bia, un masu di dinheru ki tira i buril. Kil ora, kabesa di Marleni iabri.

■ Dutur Vlá, n'na seta toma é dinheru son ê bia, pabia bu n'sisti tchiu, kaba n'ka misti fasiu disfeita logu ná purmeru dia ku n'kunsiu. Obrigadu, pá Deus iabriu sorti i dau bon tarbadju nundê ku bu nâ bata n'ganhu dobru di ês.

■ Di nada, konta bu kolegas kuma ami i bon pekadur. Ami i pekadur ku tá djuda tudu djintis ku pirsisa.

Marleni ria na karu i bai si kaminhu, ku si dinheru na muchila. I na bai na kaminhu i na kuda si kontra i na konta si mamé ou nau, si na bai kumpra kabelu humanu ou nau, si i na bai butik di Júlio na Santa Luzia ou butik di Aurora na Pefine?

Suma i tchiga purmeru, kaba pá bai sê kau, i tá pasa na porta di tia Delfina, kila puntal pá Duturna, i ruspundil son kuma kilas na bin trás.

Dia siguinti, ora di bai skola, Marleni bai kau di bá Windjaba i tchiga i odjá kila stá bá djá na batenti di porta di saida, ê n'dienta té kau di tia Delfina ê bai péra Duturna, kila kabanta bisti ê sai djuntu ê ianda tê na strada son, Marleni fala elis:

- Bô sibi un kusa, sol kinti mal, kaba kabesa na den, nô panha nan taxi. Windjaba ku Du djubi kumpanher ê falal na un fala:

- Nundé ku nô na sai ku dinheru di panha taxi?

- Ami mueda ku nhá mamé dan nin ká ná tchigan pá bai kumpra doneti ku serveti na rekreiu. splikason di Duturna.

- Ká bô prekupa, nhá mamé patin mil fran. Duturna djubi Windjaba, ê rinka udjus ê kala, disna tarda ku Marlin ialsa mon i pára taxi.

Ê entra na taxi ê bai pá skola.

Dipus di aulas, ora di bai pá kasa, Marleni na fasi bá djá kalkulu sobri diskulpa ki na n'venta pá pudi konvensi di amigas pá ê bai pá kasa di taxi. Má otcha ê tchiga ná roda di strada son, i odja karu di tiu dutur Vlá, digu, Dutur Vlá di finansas na bin na relantin, divagarinhu, tok i pára. Windjaba fala Marlin:

- Ês i ka ki tiu di aonti?

- Dutur Vlá di Finansas? Parsin i el, ah iel propi. Marlin ruspundi.

- Tok bu kunsi djá si nobi, Marlin! Duturna kumenta. Toma ton Marlin, nin kinzi anu bu ka kompleta inda pá bu batá seta buleia di tius. Duturna kumenta.

- Kredi, djustu tan di alguin patiu buleia simplis, anta kila tan i kusa di utru mundu? Marleni ruspundi.

- Nô ká fala i algun kusa di utru mundu, má anôs tudu nô obi djá guintis na fala kuma buru bedju son padja nobu kê tá misti kumé. Duturna torna splika si amiga.

- Nô bai falal mantenha, ala i na djubinu. Du ku N'djaba ka kai na kombersa di Marleni.

- Bai abô son, anôs oh, nô gosta di fasi disportu, nô na bá tá bai a pé.

Marleni, ku pesu na konsiensia manera ki seta dinheru aonti, i sinti obrigadu bai fala omi garandi mantenha. Otcha i tchiga pertu di karu, omi garandi ká bacha vidri pá papia kel, suma ki fasi purmeru dia, dês un bias i iabra djanan porta di karu i falal pá i entra:

- Marlin, budjuda bonita tudu ku si nomi! Entaun, bu amigas kontinua nega nha buleia.

- I ká kila, tiu, alias, Dutur Vlá, nô gosta di fasi disportu na nô grupu. I ká kuma nô nega bu buleia, m'bin son falau mantenha i tambi pá gardisiu pá dinheru ku bu patin aonti.

- Bu ká pirsisa gardisin. Bu lembra n'falau aonti kuma sumana ku na bin n'na bai mison di sirvisu na Amerika?

- Sin, n'lembra otcha bu jurmenta.

- *Uuaala*! Kê ku bu misti pan tisiu di Amerika?

- Nau Dutur Vlá, ká bu fasi kila, bu ká pirsisa tisin nada, guintis na bin kunsa pensa kuma n'ten algun kusa ku bô.

- Disa guintis pá ê pensa kê ki ê misti, si bu ká falan kê ku bu misti pan n'tisiu di Amerika, n'na tisiu manga di Dolar, dinheru mas putenti di mundu.

Omi garandi n'turdja badjudacinhu tok kila seta mas si buleia. Otcha i tchiga Mindara, i pasa na porta di tia Delfina, Duturna ká tchiga bá inda. Pabia di kila, otcha ku Du tchiga, si mamé pidil splikason, i kaba pá konta si mamé kuma omi garandi, ministru pára pá dá elis buleia má el ku Windjaba ê ka seta, kila ku pui Marlin tá djumna elis tchiga.

Sol mansi, tia Delfina bai polaciu di guvernu i kunsa konta kriol:

- ami ku bô odja sin, nunka n'bibi iagi di tchada, el kumanda n'ka ramatchada! Kaba nha nomi nalin nan, n'fina desdi purmeru dia di nha bida, el kumanda n'tchomadu Delfina, n'fina, bô pudi djubin di pé pá kabesa! Bô n'gabadu nes Bissau kuma bô kurtu sintidu suma goiabera di kil ku sintanu na topitu di kumpo. Faladu bô ten nomi nes prasa má na mi ku bô na resta, bô rasta, bô n'kadja, bô returné, pabia di nha kodé, n'osa urdinha onsa padida! Li ku bô na sai nha tras, didia uan ke n'na kapa bôs ku barbanti, un son un son, n'kaba n'renkuanta bô kukus, suma fila indianu, bas di ratina di sol di koresma di Bissau! N'na pera mas dia ku alguin na pára si karu pá punta nha Duturna si misti buleia. Karas di pon kuduru ku mansi na aguapu, lufa-lufadus, sin borgonhas! I sodja kriol en altu i bon son, pá tudu guintis obi. Son paranu ku nha Du na bin fasi katorzi anu! Bô lagadu kuma bô kata n'djuti, bô tá disa bô mindjeris na kasa, nin teta bô ká tá dá elis ku fadin dinheru di fera, má asin ku bô tá rati dinheru di pubis bô sai tchera-tchera saias di mininus koitadis, ku bô obus molis ku ninsi katorzinhas tona dispi bô diantis bô kata lanta, bô kata firma suma matchu, má asin ku bô na baba-baba se trás son, suma katchur ku kansa kuri, bô na kambanta-kambanta elis tudu tipus di duensas pá bai! N'nudju bôs, n'fala, n'nudju bôs oh, n'nudju, ku tudu nha forsa, n'skara n'kuspi pá ladu, má ku vontadi di latchi nha kuspinhu na bô kara diskaradu. Nau bô iaui, malfitus, fisurualis. Bô bai fera di Bandé kumpra borgonha bô kola nes bô kara di lata mopi-mopidu suma lata di sardinha ku dumper pasa riba del i potcholi. I tá fasi pausa i rispira fundu, i bibi iagu i kaba i kontinua sodja kriol. Nha Du di mi, mininu sinhu, bô ká tá pudi odjá mininus na kirsi ku gustu, bô tá misti n'turdja elis bô dana bô kaba bô abondon bô kamba mas pá utru. Bô misti fasi Bissau un sala di baranda altu, má bô libran nha kindin-kondon si ká sin, n'na m'borka mala di nha mortadjas pá bôs. Nin un ministru, ku nin si direita ku skerda i ka kunsi dritu, kin ku nin si kasa i ka pudi administra ku fadin pá bin manda riba di kilis ku pudi sintanda elis pá dá elis lisons. Koitadi Bissau, té kil m'babás, tollé bedandas, tudus i ministrus, forti disgustu pá ansalmas di kombatentis. N'ka misti odja nin un ministru banabana tras di nha fidju, si ká sin, n'na bai kasa di kasa un son di bos m'bai konta bô mindjeris ku bô fidjus tudu bô sakalatas, bô katenborgonhas, n'na tcholona elis tudu bô kabalindadi. Faladu kuma kabalindadi pudi bá té sedu mantenhas di manga di homis di prasa di Bissau, pabia bô intchi li kum kuden, tok bô na darma, bô na lagua suma ubulun, bô na lastra suma lakakon bô na soronda, bô misti disa raiz, má na nha fidju, li ku n'na rinka bô raiz, un son un son tok n'tá kaba bôs fep.

KAPITULU 5

KABAZ DI ABOTA NA MANDJUANDADI

"Faladu kuma si kabra foronta i ta murdi"

Tia Delfina dicidi entra na abota ku si mandjuas pá kura si mistida ku mistida di si amigu piskadur. Na ultimu domingu di kada mis ê tá fasi kumé-kumé na kasa di un delis. Kada kin tá kusinha un bon pratu di bianda, kilis ku tá bibi, kada kin tá leba si bas di sabaku, si binhu tintu ki i mas gosta del, anta el ki na leba, si binhu palmu ou kadjolas ki mas gosta del, anta el tan ki na leba. Tambi kilis ku kata bibi, kada kin tá leba tipu di sumu ki mas gosta del, utrus tá bai kumpra sumu di lata: bá fanta, bá sumol, bá koka-kola, má kilis ki ká pursumidus, tchonalmenti ku ê tá bai, ê tá fasi sê sumu di ondjo misturadu ku sumu di veludu ou kabacera ou di tambarina, as bes, ê tá leba mankurkur ou ki binhu palmu nobu, meladu, ki binhu nobu di flup, ku ká batisadu ku iagu pá i pudi rindi.

Dia di abota, i dia tambi ku kada mindjeris tá bisti se bistidu mas bonitu, tanki tá finkadu, i intchidu iagu té na garganti, kabaz tá m'borkadu nel, ê tá toka tina, ê tá rapika palmu, ê tá badja, ê tchalasa pá ê m'palia pá ê diskisi sê bida madrasta, sê bida di kansera.

Má, dia di Mandjuandadi i dia tambi ku kada kin tá pensa, kada kin tá fasi balansu di si kasa, familia, sê bida, tambi sê sina.

Dia di abota, i dia di festa, mas tambi di kudadi pá kilis ku sirbintia ká mas rabu di kabra kumpridu. Pabia kil dia ku ê tá midi kalibri di sê kumpanher, kada kin tá prova pó di buli di si mandjua, ê tá purba kumida ku bibida di kumpanher, má tudu ku limpu korson, ninguin ká tá diskunfia kuma si mandjua pudi pul benedu na kumida ou "*MD*" na bibida, nada dês kusas ká ten bá, amizadi puru ten bá, ninguin ká tá kumé bianda di si kumpanher i kaba i bai sinta na bantaba di facebook i fasi diretu pá konta kuma flana tambi tá salga kumida, kila ku pui si omi negal i bai buska na kasa dus, tris ou kuatru.

Kê ku kata falta bá tan na mandjuandadi i kontrada di kumbosas! Dias ku kumbosas kontra tambi, nau, i tá sabi ku siti, pabia mandjuandadi ku bô odjá sin propi, i kau di brinku, kau di fortisi lasus di amizadi, kau di kolegason, kau di fortisi spiritu di kumunidadi, mas tambi i kau di rocth-marotch di kumbosadia, i kau nundé ku kumbosadia tá fasidu nel. Ora ku un mindjer diskunfia kuma si omi tá kombersa ou tchalasa tchiu ku utru mindjer, i tá purpara kantiga di ditu i bai kantal el na roda di tina, pá i fasi si kumbosa n'tindi kuma i ká tulu, pá fasil sibi kuma i sibi tudu ké ku na pasa, anta pá ká tratu di sinikaria kontiua, kada kin ku sinti kuma kil ditu i pá rel, si dunu, si ten borgonha na kara, i tá m'pina, i tá randja manera di sai di roda di tina, suma kin ku sai di tchur di Djiba, kala-kaladu, boka iem.

Asin ku é tá kumé, ê konvivi na ermondadi, tok avé Maria tá toka. Má antis di ê paguidjá pá kada kin bai si kasa, tudu guintis tá pui si dinheru di abota na kabaz garandi ku tá kontadu tudu pá dus ou tris alguin si konta ká bati certu, ninguin ká tá sai di lá tok kusas limpsadu tok i limpu pus, suma laba di fulas, pá i kunsa n´tergadu pá rainha di grupu, ês tá tchoma kin ku na toma abota, i tá tona konta mas dinheru i kunsa n'tergal él na un lens di ceda.

As bes, si alguin tené mistida urgenti i tá dadu prioridadi di toma abota purmeru. Suma tia Delfina misti fasi sociedadi ku Barimpa, anta pabia di kila i resolvi splika si kolega si sintidu, si ideia di tarbadjá ku si amigu piskadur ku tené kanua di remu, kusa cinhu ku falta pá i muri na mar ku si fidju.

Dipus di tudu guintis sukuta splikason di tia Delfina, kin ku dibidi toma bá abota resolvi falal kuma i ká ten purbulema, bu pudi toma ê mon, náta bin toma na bu lugar. Tudu mandjuas konkorda, utrus fala logu:

- I ten mistidas ku pudi pera, ma mistida di salba bida kila ká pudi mainadu ou tarda suma ku salarius di pursoris tá tarda, nha maridu ku si mandjuas, tá tarda pá pagadu nês tera, tok bu tá kuda nan kuma ê pulitikus tudu misti nan son pá nô fidjus bida m'babas kaba mandintis, el ku manda ê tá nega paga pursoris, n'fermerus ku duturis. Utru mindjir ruspundi na si burdu:

- Anta i bu bu omis son, nha kamara, garanties tá fala kuma si bu bai kampada pati limarias iagu, si ká tchiga pa relis tudu, ká bu turmenta dá kil ku na pupá tchiu, pati kil ku kala, pabia kila dibidi kansa nan pupa bá djá. Ami n'kala nan ku nha dur, nha maridu ku bu odjá i tá mara gravata tudu dia, 7 mis ki ê foradu djá bô, nha fidju mas garandi ku stá na tera branku, kila ku tá sakuranu, kila ki si fiansa, nô fiansa digu, pabia nin ami ku bu odjá sin, ku nha tudu madruga ke n'ta madruga padaria pá bai kumpra pon pá bai bindi na beku, má kus un mis djá ku farinha ká ten, pres di pon omenta, lukru ku alguin tá otchá ká tá tchiga nin pá djanta ku sia, ku fadin pá bai kumpra mas pon di utru dia. Dus mis djá ku nin abota n'ka tá konsigui paga ku nha lukru di bida na beku, si ká nó fidju mas garandi na tera branku, nô ná utani disna tarda.

- Anta pá Deus lunia bós el kaminhu, suma i ká diskisi trás, si padiduris, kila djá i gardicimentu garandi pá rel.

- Anta dé, nha kamara, tudu dia, n'ta darma iagu friu na porta pá rel, pá Deus libral i tadjal di tudu mufunesa, di tudu tentason, pá i libral di mau n'diantason. Pá ká nunka i entra ná kaminhu di kil nudadi.

- Kal nudadi i ês nhu nha na fala?

- Anta bu tá osa nan tchoma nomi? Kil ku Dulce kanta: *...urdumunhu di farinha branku kila gora stá na bentu...*

- Ah! Tabaku di Iran?

- Ká nha tchoma nomi, faladu kuma i intchi li kum-kuden!

- Anta si n'tchomal tan tabaku di Iran, tudu guintis na sibi i ke?

- Té mininus tudu kunsi djá é nomi, nha kamara, tudu, ku fadi garandis.

- Ampus, anta nô tchomal pon di Duto.

- Pá Deus djudan nha fidju pá i ká kai na tentason di riku kinti-kinti, pabia kila ku pui dus di si mandjuas lebadu pá kalabus na Bilbau.

- Ká nha fala kila?

- Só si bu pidin pan n'ka ripiti, pabia n'ka kontau kasin.

- Kila i kal si kolegas ku pudu na kalabus?

- N'ka kunsi sê nomis, má tudu guintis di kolegason sibi kuma un son i fidju di nha Alamuta.

- Kredi, nha Alamuta un son?

- Kil gora dé. Bu ká nota kuma nunka mas i bin kume-kume?

- Ah! Faladu kuma fison tené tosinhu. N'ka sibi bá. Gós ku bu pabia, n'lembra kuma tris mis ki ká bin abota.

Kada un son delis aproveita pá i disabafa, pá i miskinha sê kasabi ê kaba ê n'terga tia Delfina si abota, maradu risu kan, na un lens, i pega dinheru i pui na si bolsa ki mara bá na rabada, bas di kamisa di soka. I sinta inda un bokadu i djumbai kelis, má suma kabesa di purku di manga delis toma bá djá sal, ê na kanta son, té ora di bai. Utrus propi na kanta nan na kaminhu pá bai.

Na kaminhu di kasa, tia Delfina kontra ku tudu koldadi guintis, drets, djonkis, os komu-é-ke-és, os tá-se bens, kilis ku tá fasi guintis raladera ou kaderinha, kilis ku tá ranka guintis peruka... tudu tipu di guintis, grasas a Deus, ninguin ká miti kel. Nôs tan ê ká buskal palabra pabia di si tabuas di toka palmu ki pega, un son na kada mon, pruntu pá difindi si kabesa, si alguin atrivi tadjal pá robal si dinheru di abota. Má grasas a Deus, ê guintis tudu ki kontra kel, ninguin ká sunha kuma, bas di kamisa di soka ki bisti, tia Delfina tené bá dinheru ku mas un anu di tarbadju di un pursor, si pagadu el inda.

Tia Delfina tchiga kasa, suma luz ká ten bá, má luada ku strelas patchari bá na ceu, pá kila, Duturna ká dita bá inda, i stá bá ku si kolegas bas di baranda ê na brinka kila-kila. Otchá tia Delfina tchiga pertu delis, elis tudu ê kuri ê bai barsal ê kaba ê riba mas pá sé brinkadera. Tia Delfina entra dentru, antis di bisti si spera, i djunta si dinheru di abota ku dinheru ki rekada bá djá na fundu di mala di si mortadjas. Suma i tchaskia bá tan, nin i ká sinta konta dinheru, i djunta son na kil un lens di seda i tornal mas na fundu di mala, i pui si afeteré, antis di i kamba kama i dita, i djumpuni si

panela di mafé di amanha, i odjá Duturna ruma bá djá
tudu kusas na sê lugar, té si pó di pila tempra ki tá bisia
gatus kel, stá bá n'kostadu lungu di si kabesa di kama. I
mara lens ki tá durmi kel na kabesa e kaba i tchoma si
fidju.

- Duturna! má suma Du na brinka bá ku si kolelas
  lá fora, i kobi kuma si mamé ná tchomal.

- Du! I ripiti mas, és bias, ku mas forsa, kuas ki
  guirta nan, ninsi bu stá bá na sandjon bu na obil.

- Mamã!

- Bin patin m'bibi.

- Duturna kuri i sibi skadas, i entra na porta di
  dianti i bai kudi si mamé.

- Ali n'tchiga, mamã!

- Patin m'bibi. tia Delfina ripiti.

Duturna bai pá puti, na kantu skerda di kuarti
nundé ku é tá durmi nel, pertu di nundé ku ê tá finka
banhera di m'borka pratus, baldus di iagus. Má antis di
i pega na kaneka di bibi, si mamé guirtal.

- Ká bu pega nha kaneka di bibi sin bu ká laba
  mon ku bu na brinka bá kel na reia.

- Nha mons ká susu, mamã! Duturna pára i djubi si palmus di mons, i djubi kostas di palmus di mons, i ká nota pá nin susidadi, má nin ku sin, i limpa mons inda na kalson otchá i kaba djubi si kontra ê limpu.

- Pasa já pá bai laba non. tia Delfina n'sisti. si bu mons ká susu bá, pabia ku bu na limpal na kalson, ou bu pensa kuma n'totoli?

Du toma un kaneka di plastiku na banhera di m'borka pratus, i intchi iagu, i toma padas di sabon di laba pratu i iabri porta di kintal i bai laba mon na baranda di kintal. I riba i bin kata iagu i leba si mamé, i firma i kursa brasu i pera tok si mamé kaba bibi i dal kaneka i bai torna na puti i rabida i punta si mamé:

- Mamá, m'pudi djá bai kontinua brinka ku nha kolegas?

- Bai má ká bu tarda, kaba n'ka misti sintiu na purbulema ku ninguin dé.

- N'ka na tarda, mamã. ruspundi si mamé ku kuri pá rua i kil un kusa.

Duturna bai brinka ku si kolegas mas un bokadinhu dipus kada kin bai si kaminhu pá kasa. I entra dentu, ben kansadu, i bibi inda un kopu di iagu, má, suma si mamé na durmi bá djá, n'ton i ká pudi bá falal pá i bai laba mon antis di i toka ná kaneka di puti. I finka djujus ná ladu di pé di kama, i limpa si pés, i kamba tia Delfina i dita ná ladu di paredi, i kubri ku un utru panu, pá i ká pudi distapa si mamé. Otchá i dita i era bá quas menoti, nin i ká tarda, suma i kansa bá tok, i lestu ku pasa ku sonu. Didi mé otchá si mamé pul pá i bai laba mon antis di i patil iagu, i diskici tranka fitchadura di porta di kiltal. Afinal i temba ladron ku tá ronda bá kasadias ora ku kaus tudu kala iem. Banda di dus ora di madrugada, ladron tenta iabri porta di vizinhu di tia Delfina, má i ká konsigui, i tenta porta di frenti di tia Delfina, kila stá bá trankadu, i misti bá usa pé di kabra ku ê tá forsidja kel pá iabri porta kel, má kil ora i sinti dus rapazis na papia pá bin na kil direson, i maima usa si pé di kabra, i disfarsa ku mon distindidu pá bas, koladu ku pernas i djanti i vira ná skina, otchá rapazis na pertu kau di tia Delfina, ladron stá bá djá sukundidu pertu di porta di kintal di tia Delfina, ki dus rapazis nin ká nota pá rel, má ladron panta tok panga bariga iara panhal. Garandis di Catcheu da Silba tá fala kuma fundura di noti djusta nan ku fundura di mar, pá kila, si bu kodjá ninguin, ká bu fala ninguin kodjau. Ladron leba sustu garandi, pabia rapazis pasa nan pertu di baranda di tia Delfina, si ká pabia di kil fodjas di azingui ki i tadja kel rafelgas ku udjus di guintis ora ki na kuzinha, rapazis pudi bá nota pá ladron. I n'kosta na paredi, lungu di porta di kintal, suma un boneka di pó, tok i rukupera di sustu. Otchá i ká na sinti djá mas falas dikil dus rapazis i tona kunsa mas si mistida. I pui son mon na porta sinti si kontra i na pirsis usa pé di kabra pá rombal ou nau, i sinti logu kuma porta ká fitcha, kil ora, i m'baria, tok i disa si pé di kabra n'kostadu pertu di batenti anstis di i pintcha porta, santadu, ku djitu di ladron, ki i sedu mé. I entra i sara porta i kunsa djopoti, i na djopoti i na palpa-palpa ku mon direita na paredi, mon skerka na m'pulma-m'pulma si na toka algun kusa di balur, má suma kau sukuru bá mip, i ká ná odjá nin un palmu si dianti, i kuntinua bai santadu, son ku ponta di dedus ki na djopoti kel, kaba gora, i tá ialsa nan pé té riba i kunsa riental santadu suma ora ku onsa na montia gazela pintadu na lalá, tudu kuidadu i tá fasi pá ká nin un padja seku fasi barudju, asin ku ladron na marka bá si pasus di kamalion na sukuru. Di repenti i madja na banhera di m'borka pratus, i panta i keta na un kau um bokadu tok i tené certeza kuma ninguin ká sintil. Kil ora, tia Delfina korda di si purmeru sonu, kil mas pisadu, i sinti barudju di banhera, kil di m'borka pratus, má na si sintidu, si ká ratus mas, anta i kil gatu ku furtal bá mafé ku tona riba mas. Má suma djisilin ká dibidi kema ku bedjas dus bias, disna di kil dia, i djurmenta kuma un dia i ná panha kil gatu ku si pó di pila tentra. Otchá i sinti ki barudju ti tampus di kasarolas na banhera di m'borka pratus son i fala na si sintidu:

- Aôs, oh ami, ou abô, má nha mafé nunka mas bu kana kumel afuam, nunka, nunka, nunka. tia Delfina lundju di sibi kuma gatu di dus pés ku entral kasa. I kontua ditadu, ben ketu, tok i na findji rosona. Apesar di i tené bá si luz di mon lungu di si turbuseru, má i ká sindil. I longanta mon divagarinhu i pega si pó di pila tempra, i kuntunia sukuta.

Suma ladron sinti kuma kau kala iem, kaba i sinti alguin na ronka na sonu, kil ora i lanta na kau ki djungutu bá nel, i palpa-palpa ku pé, i disvia son di banhera ki madja bá nel i kontinua si djopoti, nin kamalion na ramu di kadju riba traz. I ten dias ku kusas ta kuriu mal tok bu tá ripindi pabia ku bu lanta di kama bu bai pá rua. Má suma nin un mindjer ká padi inda fidju di sin sibi bá, anta ninguin ká tá djiru, tementi kusas di mal ká akontisinu. Bida di ladrons tan kapaz di sedu sin. I kontinua m'pulma-m'pulma na sukuru, na ialsa ki ialsa si pé skerda, i riental dentru di baldu di iagu friu tchumblucth! Kil ora tia Delfina, rii na sintidu, i pensa kuma gatu kai nan dentru di baldu di iagu.

- Suma abôs gatus bô ká gosta di laba kurpu, bu pudi fika bá mas un bokadinhu dentru di baldu di iagu. pensamentu di tia Delfina.

Suma tchur di djiba, kala-kaladu, ladron tira si pé ná baldu. Si sorti i di kuma plastiku krintin ki kalsa bá, logu i ká intchi iagu. Kil ora i misti disisti, pabia dus sinal djá ki tené bá djá di kuma si mistida ká ná kuri ben ki dinoti. I stá bá djá entri kama di tia Delfina ku si mala di mortadjas. Manera ki na pertu, si vultu fasi tia Delfina kunsa diskunfia si kontra i gatu di bardadi, má i resolvi afasta kil pensamentu di si kabesa.

- Gatu ku kai na baldu di iagu, dibidi pisadu sip – i pirfiri akredita kuma ki vultu ki ná sinti i di un gatu modjadu.

Duturna, stá bá na si seti sonu kaba i sunha kuma un iransegu garandi, un santa maria di irensegu ku sai na lagua di blanhas di m'batonha, otchá kau kalá iem, i rasta té na finansa, i entra na gabineti di kil ministru ku tá bai bá tadjá elis ná skola pá pati buleia, má suma ninguin kasta bá djá na ministeriu, kaba ministru kustuma disa si janelas uandan, i pá kumulu di asar, ministru diskisi fitcha kofri kil dia, dipus di i bai levanta dinheru na banku pá bai paga pursoris ora ku sol mansi.

Duturna na si sunhu medunhu ku iransegu, tia Delfina sara si udjus i ná montia vultu ku pasus di supostu gatu modjadu, sin pá tia Delfina, té kil ora, i ná pensa son kuma i gatu ku na djopoti pá si mafé. Dá ku ladron dá mas un pasu i n'kosta na mala, i palpal i sinti testura, i rii na sintidu, pabia i kil mesmu tipu di mala ku tá bindidu ná tchapa di Bissau. I kunsa palpa nunde ku kadiadu tá pudu nel. Tchiganta ki ná tchiganta mas kil pé modjadu, i madjá ná panela di mafé di tia Delfina, tampu di panela lalu pá kai, ladron djungutu pá i konsigui djapa tampu antis di toka tchon. Kil ora, tia Defina ialsa si mon ku pó di pila tempra té ribi pá latchil ná kabesa di gatu modjadu, dibi mé, ná kabesa di ladron ki riental nel kadir!

Aiii! Aiii! Ladron pupá dus bia son i kau rus, riba di mala di mortadjas.

- Kiredi oh kadera di dari! Só ná kil mumentu ku tia Delfina sibi kuma afinal i ká gatu ku entral bá kasa. I pega si luz di mon i sindi, i odjá ki katibu di omi ditadu riba di si mala, i na sanguenta.

- Sakur oh sakur!

Manera ku tia Delfina na pupá sakur, Duturna panta na si sunhu medunhu, nundé ku serpenti kunsa unguli maraduras di notas di mil fran, dinheru ki iera bá pá paga pursoris. I salta na kama, i kuri tras di si mamé i na grita grita tan:

- Futseru! Ai futseru si mamé tenta n'tindintil, má Du kontinua grita son.

- Ai futseru.

- I ká futseru i ladron tia Delfina tenta splikal sakur oh vizinhus bô bin sakuran

- Ladron futseru Duturna n'sisti, tudu n'tarantada.

- N'falau i ladron, i ká futseru! Oh nós tan, m'bon n'ka sibi si kontra i futseru tan ou nau, má parsi kuma m'matal, m'matal oh m'matal! Sakur!

- Sakur, nha mamé matá un ladron futseru garandi. Didi mé kila ku pun n'na sunha bá kuma iransegu sai nan desdi bolanhas di m'batonha, i lagua té ná finansa i entra na janela di kil ministru ku bu ratcha mal, i kunsa n'guli dinheru di paga pursoris kel. Si mamé pegal i falal:

- Nha fidju pará dilirá, n'sibi kuma bu panta manera ke n'grita, nin irancegu kasta li, bu kasta tan ná finansa, nô stá ná kasa, li ná Mindará.

- N'kana dilira mamã, n'na sunha banan kuma iransegu entra ná finansa i ná n'guli dinheru di paga pursoris.

Nin i ká tarda visunhus tchiga, kada kin bin ku kê ki pudi, utrus bin ku tarsadu, utrus pó di pila arus, utrus té tampu di panela. Tia Delfina sindi bá djá si luz di mon, i fala Duturna pá i sindi kanderu. Otchá ê entra dentru, ê odjá ladron dismadjadu riba di mala di tia Delfina, sangui lagua riba di mana tok i ná pinga na tchon. Kil ora, mindjeris ná fala pá lebal ospital, omis na fala pá tiral fora. Omis djunta ê rastal pá baranda di frenti. Ê pasa son batenti di porta, ladron saki-saki pá sperta.

Ali i ná sperta – omi ku sugura ná mon skerda ku fala. Ali i tona litchi mas kabesa.

É rastal é ditanda pertu di firkidjá di kasa, i tá dati i sakudi pé. Mindjer ku mora na porta au ladu punta tia Delfina:

- Si nha tené ninsi un dinti di adju, nha tá tisi pá nô tcherantal nô djubi si kana sperta.

- N'tené. I entra dentu i bai tisi un dinti di adju. Má omi di si visinha fala pá ká tcherantal inda adju.

- Ê katibu di omi li, si sperta li i rinka kuri, ninguin ká ná konsigui panhal. Bô peran. Omi bai pá kintal, i bai buska korta di iala iagu na fonti. Kil ora, sol kuas na mansi badjá. Nô sintandal nô n'kostal kontra firkidja, nô pul mons pá trás, nô maral mons ku pés, pabia gosi gosi sol na kaba mansi, asin moransa intidu na pupal.

Tudu guinti seta, ladron maradu ê kunsa tcherantal adju tok i spira i sperta. Omis fala mindjeris, suma sol pertu mansi, si bô misati bô pudi bai dita. Ora ku porton di PJ na iabri, ê ná odjanu sikidu lá pá pui ladron ná kalabus. Suma ladron obi kuma ê ná lebau policia judiciaria, i kontenti tok i ká konsigui disfarsa si kontentamentu. Tia Delfina nota di rostu di kontentamentu di ladron i rabida i falal:

- Bu obi faladu di Policia Judiciaria bu kontenti, pabia si bô panhadu dinoti, bô lebadu lá parmanha, ê tá larga bôs antis di fuska-fuska. Falan tan, abôs tudu i kil un farinha di memu saku.

Tia Delfina ku Duturna kosa bai dita pá kabanta sonu.

- Du, tisin dê nha turpesa ku nha pó di pila tempra. Li ke n'na rafinka nel pá m'bisia nha ladron.

Tangana, vizinhu ku mora au ladu di tia Delfina, tené bá si planu, kila ku pui i pidi mindjeris pá ê bai dita pá kabanta sonu, má mindjeris dita di kosta ê nega bai. Tangana resolvi konfidênsia ku utrus omis ku bai bá djuda mara ladron si plano:

- Pá mi, nô ná fasil suma ku nô tá fasi bá kil militaris tugas taradus ku tá bai bá bafa mindjeris ora ku ê bai laba ropa. Ora ku nô panha elis, nô tá kosa elis oredjas ku rabada ku pena di djugdé. Ê tá rii ê babá tok ê tá dismadja.

Omis tudu konkorda kel. Otchá sol mansi, vizinhansa fasi nan roda, ê pui ladron na metadi, bunda riba, ê na kosal rabada ku pena di djugdé. Ladron, tchora, i rii, i babá suma tulu, i fika i na pidi son pá lebal pá Policia Judiciaria. Tia Delfina nega bá, má otchá i odjá ladron lati bá djá, i disa pá lebal má i ká fika trás.

Moransa tudu sai pá kumpanha leba ladron pá PJ. Mininus ná kanta:

Cidadon, ladron, cidadon, ladron...

Korteju kumpanha ladron ku kantiku, kada zona ki ê pasa nel, guintis tá bin djunta kelis tok ê tchiga fera di Bandé ê kunsa kamba strada pá PJ ê n'terga ladron. Policia fala elis kuma ê pudi bai, ê ná fitchal na sela. Tia Delfina ku si pó di pila tempra ná mon i punta policia:

- M´pudi fika?

- Fika nundé?

- Fika li!

- Nau, bu ká pirsisa fika li, bai diskansa, tia.

- Disan n'fika pan djuda bôs bisia nha ladron.

- Bu ladron?

- Sin, ami ku panhal, na nha kau ki bai furta nel. Dipus di m'pupa sakur, nha vizinhu Tanganha ku si mindjer ku nô visinhus bin djudan maral tok sol mansi pá nô kunsa tisil. Pá kila, bô disan pá n'dja bisial.

- N'tindiu, tia má bu pudi fia ná nôs, nô na pul na kalabus, nundé ki ká ná odjá sol pá manga di tempu.

- I ká kuma n'ka fia na bôs, má n'ka fia si bô tá bisia bô ladrons suma ki dibidi sedu, kila ki nha uniku prekupason, pabia si ká sin bá, ladrons ká ná bá tá panhadu dinoti, i tisidu li parmanha pá i kapli antis di kaida di sol.

Policia ká gosta nin un bokadinhu di kê ku tia Delfina kaba di fala, pabia i sibi kuma i bardadi, suma bardadi tá dê, i ficha elis porton na kara, i vira elis kosta, i bai si kaminhu.

Antis di ê mundú kaminhu pá kada kin bai si kau, un dupla kabini azul sukuru pára na porton, ê tisi ministru ku disa janela di si gabineti, ku kofri di stadu abertu, tok iransegu bai n'guli dinheru di paga pursoris. Karu pára, un policia ria purmeru, manda ministru ria, i pintchal ná kosta i falal:

- Djanti, djanti omé!

- Eh ká bu tokan mas, ká bu tokan, bu sibi ami i kin? – Ministru rafila ku policia.

- Si n'sibi abô i kin?

- Sin, bu sibi kin ku bu ná pintcha sin mé? Ministru volta rafila mas.

- Kê bu tá kuspi fugu ná udjus?

- Tona pintcham mas, n'na mostrau kin ki mi! Kil ora, policia tirmi un bokadinhu, má suma guintis ná djubi bá elis, i ká pudi bá mostra medu.

- Uai, kin ku bu pensa kuma bu na panta? Un ladron di bô, bu furta dinheri di pubis bu kaba bu ná konta mintida kuma serpenti n'guli dinheru. Policia apurveita suma i odjá manga di guintis na sukuta, i ganha koragen i konta ministru kriol i kaba i pintchal mas ná totis tok kila singa-singa pá kai.

Grupada ku kumpanha tia Delfina leba si ladron, kunsa pupa ministru.

"Ministru, ladrun!
Kê ki furta,
dinheru di pubis
Ministru, ladron..."

- Mamã, ké bu ká rapadal nan? Duturna punta tia Delfina.

- Nha fidju, n'kata bai mandjuandadi ku ladrons di pubis, nundé ké n'kunsi ê nudadi nel, tok na bin rapadal?

- I Dutur Vlá, mamã!

- Kal dutur Vlá ku sai na nundé? Dutur susu-susu!

- Kil ku misti bá patinu boleia, ku pui bu bai... nin Duturna ká kabanta splika, tia Delfina solfan konbersa.

- Ah! I ki fisuruali, fidju di kaida di sol, ês ku bida i tené nan kara sin suma pidi ku rodjadu ku kurtisa na garafa. Pá i pertu mi bá, liba ku n'na ramial ku nha pó di montia gatus! Falantan, tudu ladrons i gatus di dus pés.

Entra na PJ ku sai di ministru Vlá i suma iasa gurdura. Policia lebal diretamenti pá gabineti di director, i disal lá, sai ki ná sai, nin i ká tchiga porton, i odjá ministru ku director na bin si tras, ê ná papia suma si nada kila ká fasi. Diretor kumpanhal té ná porton di saida e falal:

- Si nô bin pirsisa di mas informason nô na ligau. Kumandanti tentá tapá céu ku pineria.

- I ká ten purblema, anôs i stadistas, nô ten ku kolabora ku justisa. Vlá ruspundil. Kil ora, pulicia ku leba bá ministru bida i m'pasma i ká sibi kê ki pudi fala.

- Kumandanti, djubi si bu tá livra des tipus di funsionarius mal purparadus. Ministru fala ê kombersas otchá ki na pasa pertu di policia ku sodjal kriol, i kaba i falá kila: bu kana bai kumsa ruma bu mandusias pá riba nundé ku nunka bu dibidi sai bá del?

Policia nin kâ ruspundil. Ê djubi n'tru na kukus di udjus pá dipus ê rapasa kumpanher. Kil ora, tia Delfina nerva, i n'kispá, i skara i kuspi, otchá ministru na pasa pertu delis, i kaba i falá:

- Kuma ku ê tera pudi bai pá dianti? I tchia i vira si kosta pá bai si kasa, tudu guintis ku kumpanhal bá paguidjá tambi, kada kin bai pá si kau.

Ná kaminhu di kasa, Duturna lembranta si mamé di si sunhu di kuma iransegu sai na blanhas di M'batonha i bai entra na janela di gabineti di kil ministru ku kaba di largadu, i kunsa n'guli dinheru.

- N'lembra, nhá fidju, didi mé, bu sunhu ká n'ganau, oh nôs tan, bu tá odjá nan? Pabia ês i ká normal, bu sunha ná kil memu dia kusas akontesi, n'ten ku bai punta!

- Bá kin ku bu ná bai punta? Duturna ká n'tindi kê ku si mamé na tenta falal.

- I ká bá kin, na nundé ke n'na bai salsa mon nel.

- M'bon na nundé ku bu na bai puntá nel ou falsa mon nel? Duturna fika kuriosa.

- N'na bai baloba di Sá, lá pá ladu di Cicer, na bandé.

Ê tchiga kasa son, tia Delfina pruntia i sai mas. Na baloba di sá, baloberu falal kuma si fidju fêmia i ká di un udju, kuma i tá odja, i poteru, i si ê ká tiral pauta, futuserus pudi djunta nel pá fasil mal.

Tchiga bu kusinha siti ku liti, sirbil ná kabas, i kaba bu pui kabaz dentru di pilon, di pila aruz, bu tapal ku balei. Bu tá randjá manera di pul i bai distapa pilon.

Tia Defina tchiga kasa i fasi tudu ku baloberu falal i kabá i falá Du pá i iangasal si bianda dentru si pilon. Duturna rii nan inda i kunsa bai mandadu. Distapá ki na distapa balei na pilon, i odjá siti ku liti son, i kai rus i dismadjá. Tia Delfina bai buska adju i bin tcherantacherantal tok i disperta. Disna di kil dia, Duturna nunka mas sunha sunhus medunhus.

SOCIEDADI DI TIA DELFINA KU BARIMPA

Dipus di tia Delfina papia ku Barimpa, i n'tergal dinheru di pis ki bindi otchá i foga ku si fidju. Barimpa ká misti bá toma dinheru, má tia Delfina konsigui konvensil, pabia i splikal, tin-tin pur tin-tin, tok Barimpa n'tindi kaba i ceta tomal dinneru.

Barimpa toma kil dinheru i rakada, nin un duchilin i ká tchupti lá, si ká otchá i bai diskansa na Elia, tambi pá i pudi bai djubi si famílias ku tá vivi lá. I resolvi kumpra fodjas di tabakus, kana bordon ku asukar pá i bai pati i pidi benson na mon di guintis garandis, pá kilas pudi darma pá rel, asin pá tudu mufunesa lundjisi di si kaminhu.

Kil tempu tudu ku Barimpa ká bai piska, pabia di sustu ki panha na mar, tok ku si fidju kuas murri, Tia Delfina fika tambi uns dias abalada, n'kispada, ku korson minguadu, má suma i sibi kuma i ká ten trás, nin dianti, digu, tia Delfina sibi kuma dianti, trás ku rabes di Duturna i el son ku Deus, anta pabia di kila, i ten bá di lanta di kama, i ten bá ku ialsa kabesa, i ten bá ku pui pés na kaminhu di bida ku luta! I kunsa bai lumus, pá kumpra purdutus strategikus na un tera i bai bindi na utru tera.

Na Lumu di Kantchungu i tá bai bindi galinhas ki kumpra bá djá na lumu di Bigeni, i tá fasi kila pabia i diskubri kuma antis di mandjakus bai bias, ê tá bai korta galinha pá djubi si kontra kaminhu sai, pabia si obu di galinha pretu, ê tá maina bias.

Na Lumu di N'gore i tá bindi kabras ki kumpra bá djá na lumu di Binar, i disidi fasil pabia i diskubri kuma tudu koitadi ku balanta-manés, mandingas ku fulas di N'goré pudi koitadi, má dia di rasa garandi ê tá matá kabra ou karnel, ninsi ê ten nan ku djunta dus moransa. Kil mesmu pensamentu ku djitu di sibi purmeru kal ki mistida mas garandi di pubis di kada tabanka, i tá djuda tia Delfina leba pá kada lumu, purdutu prinsipal pá ki pubis. Pabia di kila, si limarias tudu tá nogocia buk. Ora ki tchiga Bisoran, purkus ki leba tá rabatadu kinti-kinti.

Asin ku tia Delfina fasi si pé di meia, i bin djunta mas ku dinheru di abota ki risibi ê firmanta si sosiedadi ku Barimpa. I punta-punta tok i sibi pres di kanua di motor, un arka. Otchá i sibi pres di tudu, i bai tira tudu dinheru ki rakada bá na fundu di mala i konta i odjá kuma i kompleta tok i pasanta. Sol mansi, i bai purtu i splika Barimpa si ideia tudu, kila kontenti tok i ká sibi kê ki na fasi!

- Obrigadu, mas un bias, obrigadu.

■ Di nada, Deus na djudanu, tudu na kuri dritu.

Barimpa kunsa punta-punta tok i otchá kanua ku motor, masa baratu inda di kil pres ku algid fala tia Delfina. I bai kontal, ê bai pagal djuntu. Dipus, tia Delfina bai punta tan tok i otchá arka bedju ê kumpra. Ê firmanta sê sociedadi. Barimpa tá kumpra gelo i randjá ajudantis i pasa tá bai piska ná mar di fora tok si arka tá inchi kun-kuden ora ki riba i tá n'terga tia Delfina tudu pá bindi pá utrus bideras pá ê bai bindi ná feras.

Nin i ká tarda, tia Delfina ká pirsisa djá mas bai bindi ná fera, pabia, i pasa tá furnisi pis pá kuartels, pá hotels, ku manga di restorantis. Asin ku sê bidas ku bidas di sê fidjus, Duturna, fidju fêmia di tia Delfina, ku Djimpa, fidju matchu di Barimpa, bai studa na Dakar, nunka ê sinti falta di nada, pabia tia Delfina tá leba elis tudu ku ê pirsisa, as bes, Barimpa ku tá bai djubi elis. Ora ku férias di karnaval, paskua ku natal ku ferias garanti tchika, mininus tá riba guiné pá bai pasa ferias ku plis.

Barimpa ku tia Delfina kada kin kumpu si kasa bonitu, sin pirsisa furta di ninguin, nin masa na ombra ku kabesa di ninguin, ku fadin pá ê bai bari padja pá otcha kuru oh bolsa di studu pá sê fidjus. Má, tia Delfina mé, si kurpu son ku sai na Mindara i bai pá si kasa nobu, má si alma sin, i suma s'piritu di imigrantis, ninsi ê bai kontchintchina, ê tá leba guiné ná korson, asin tan ku tia Delfina s'ta ki si saida di Mindara.

Marlin nin ká konsigui kaba sipis, i kamba pá liseu, nin i ká kaba liseu, otchá Duturna bai dispidil kuma i ná bai studa ná Dakar, kabasa iabri kel, i bai pidi Ministru, Vlá, pá djudal ku bolsa pá bai studa ná Lisboa Portugal.

- Kontan son kal dia ku bu misti bai studa na Portugal, n'na djudau!

- Ká bu fala? Marlin ká spera bá kuma resposta di ministru na sedu rapidu asin.

- Ami ku falau, nha amigu ki ministru di edukason.

- Bu acha kuma i na seta djudan, pabia n'ka kaba setima klas inda?

- Kila tudu i ká purbulema, kila dibin manga di fabur, ninsi certifikadu di desimu sugundu anu, ou di purmeru anu di universidadi mas ku bu misti, i ná pasau el ná un parmanha.

Vladmir pega telefoni i liga si omolgu i papia kel i kaba i fala Marlin, bu pudi bai ter ku ministru di Edukason, má falal kuma abô i nha subrinha, pabia n'ka misti pá ninguin sibi kuma nô René algun kusa, bu n'tindi?

- Ká bu prekupa, sempri n'guarda nô sigridu, disna di otchan di kinsi anus, i ká gosi ku bu na djudan bai pá Portugal ke n'na bin pui nô sigridu na boka di Bissau. Bu pudi fika diskansadu.

Asin ku Marlin kaba pá djumna Duturna sai di Bissau i bai pá Purtugal. Si bai pára rostu ná skola ou nau, kila djá i storia pá utru karnaval.

Tangana, visinhu di tia Delfina, otchá tia Delfina munda, i toma moradi ku tia Delfina moraba nel i fasi klando na baranda, suma ku tia Delfina tá fasi bá, má faladu kuma kusas pudi té parsi, má nunka ê ká tá djuntu, pabia mindjer di Tangana ká simpatika suma tia Delfina, i ká tené karisma di tia Delfina, anta pá kila, nunka i konsigui ardal. Suma kil ku Justino Delgado kanta:

… ninsi bô pirbitan, má bô ká na ardan, alá Deus ku bôs…

Palabras di Kabantada Mussá Baldé

Nlei é libru di nha ermon Emílio, gustundera fican na boca. Na nha oredja i stan nan suma cimena.

Tia Delfina i di Mindará ma i stan nan suma Maragusta kun kunsi na Bafatá, suma Arminda kun odja na Susana, suma Fantandin kun kunsi na Catió.

Tia Delfina di Mindará mostranu kuma tarbadju cata ngana ninguin. Inda mas tarbadju onestu.

Kin ku fiança na si mon, i ossa mandurga, i ca medi bentu, frio, calur ku tchuba na ora di kebur si bemba ta intchi, fomi ta lundju si morança, si nomi na ba ta sabi na boca di djintis, rispitu ta passal dianti.

Casssamenti i balur di mindjer, ma tambi i ca tudu pós ku padidu pa sedu dus. I tem um pó ku ta sikidu el son ma i ta dá bom sombra. I suma goiaba di lala.

Sintadu as bês i mas familiar, i ta dipindi si bu ca curtu rostu pa djintis.

Djila ta tchiu camarada inda mas djila di kussa di pui na stangu.

Kin ku falau pembidu cata pui na ragas i pabia i ca kunsi nan mindjer ku mbita panu lanciadu na rabada na kau di mandjuandadi.

Su fala mindjer djusta i pabia u ka ianda Guiné, i pabia i cata bai purtu di canua, i pabia u cata mandurga na paragens, i pabia nunca u bai Lumu di Olossatu.

Mindjeris tem, ma mindjeris diferentes. I tem mindjer ossanti, ku cata medi corda onça padida, ma i tem manga di mindjer balenti ku cata mpina nin dianti Rei di Oinkas!

Tia Delfina i um di mindjeris balentis. El ki sé rainha. Tia Delfina padidu na Mindará ma i sardia Guiné mpés. I ka pa bai kndenguê, i ka pa bai bnanghandadi i pa bai topoti pa tici si casa pa pudi cria si kindin kondon. Si Duturna. Si alma. Si udju.

Tia Delfina ka pircisa di gabinete, nin di saltu altu. Si chinelus apaga letras, si chambres, ku si bontadi di pirmi calur pa paka ninguin tchulil dedu na Mindará ntidu, cedu ki mostral caminhu di Purtu di Kanua. La ki si kau di surni. La ki si kau di otcha duchilin ku caneca di arruz. Dia ki otcha, i ta fala Nhor Deus obrigadu. Dia tan ku cathcur mangu unhil fiaf, ntereus puku. Bida i sin. Albez i açúcar, albez i fel. Mindjer tarbadjadur nunca i pursumi kil ku dia dal. I sim.

Tia Delfina, suma manga di mindjeris di nô terra, fiança na si pô di buli. Kriasson di si mame ku si dona ka nganal. Su pui djuiz na fugon bu cana cansa. Fomi cana teneu caba gora u pudi ganha dinheru limpu suma laba di Fula son na cusinha.

Té pa bata iari iari na porta di djintis, té pa bata torkia mom ku omis, mbés di seta kil combessa di: "Totis na cama, nha dinheru na bu mon", té pa seta lebsimenti di soronhas, té pa seta ragassadu ba suruas ku naris, Tia Delfina decidi nan fassi si klandô na si baranda.

I ta bindi ataia dju ku bom rassa di bafatorio. Kanfurbat di pis ki ta ba busca tudu dia, mandurgada na Purtu di Canua na mon di si bom amigo: Barimpa, kila sai fala na Mindará té na Nghala. Bissau tudu kunsi pô di buli di Tia Delfina. Barimpa i si amigo, ma i ca si camarada di pitu. Homi ku mindjer pudi sedu camara sin limbi nghutru corson. Assim ku Tia Delfina ta pensa.

Cusinha i cusinha son, ma sigridu sta na manera di fassi temperu. Tia Delfina i rainha di tempra tempra.

Su musti kumé bom caldu di pis u caba u sakdi po di curpo ku música di Patchecu di Gumbé u ka pudi falta na klandô di Tia Delfina na Mindará. Kau ta intchi nan kun, suma lumu di Bambadinca.

Cunformu pratus di kanfurbat na rapassa assim ku música di Patchecu na zimbra. Kau ta sta nan sabi sabolada tudu dia.

Si bu limpu corson pa djintis assim ku caminhus ta limpu pa bo.

Ma i ka tudu camarada ki camara, suma tan i ca tudu vizinhu ku ta contenti ku bu bom nomi. Tudu manera ki manera i bom sempre cuida. Tene sempre um udju na cabra utru na tapadi pabia si curto la ku lubu ta camba. Si ca sin é pudi riau ku bu kindin kondon na hora di bassanti di mar.

Tia Delfina ka tchiu bambaran ma i ca totoli nunca. Si Duturna i ca brinca ku el nin na sunhu ku fadi na bardadi.

Pabia mininu na lanta bonitu, pabia i sta redondo, pabia i tchuska mbokadu, djintis misti confundil el, pa fassi mafé, pa kumel krun. La gora ku Tia Delfina mostra elis kin ki el. I ladina dhé ma tambi i rebés suma manta di omi garandi budjugu. Tudu ladu ku viral son i ta cubri. Kuma so ku misti. Purutch oh paratch abo ku na kudji.

Futseru ca ossa barudju. Discunfiadu i gatu ku limbi nata. Suma Tia Delfina pui boca na tarbadju, bedju ku djintis di dinoti maina sé fiu manha. É misti ba ila mandjuandadi ku bambaram di Tia Delfina. Ma suma i burmedjusi udju ku elis tarda ké rakua. Santchu conta lebsimenti sta na udju.

Tia Delfina criado na Pilum di bom bardadi, contrada di siti ku liti. Ragas di guineendadi di bardadi.

Bu ka pudi cria na Pilum u ka obi mandinga, u ca sibi coba mal fedi ou u ka sibi badja tambur.

Pilum i Guiné, Tia Delfina i guigui puro. Kil dia i sabi ba djubi ma i ca sabi ba obi pon.

Kil dia propi ku raiba di tia Delfina na firbil na pitu, otcha febri di Duturna passa mangasson, kil dia koba mal i era ba mundial, té na Mandinga: Djankadins pa li, Djankadins pa la, Tia Delfina na corta i na ditanda son, i na burfa nan raiba.

Tia Delfina sinadu kuma camaradia sabi ma i ca te na mangasson ku fidju kindin kondon. Kaba mas si mame sempre falal kuma si bu turmentadu u ta nguli os di pis, ma tambi su mansu dimas u ta bida ndauré na morança.

Coba mal i ca messinhu ma ala Duturna lanta firguit. San suma mancara nobu. Tok i pega si escola. "Amm i kila dhé, li na tchifri di cabra ku no na dissal", assim ku Tia Delfina ta pensa na si sintidu desdi kil dia ku Duturna falal kil febri rabatadu passa.

Tia Delfina, albez i ta rebés suma mar di fora na dia di Sambaturné, ma foronta di si camara i si kudadi parmanha ku dinoti. Mar ka tem kau di pega. Si amigo piscadur ka pudi passa foronta i ca djudal, nin si so na kudadi.

Si mortu panta bu fidju kindin kondon u ta mansu suma carnel di Sambatenen. Barimpa, amigo piscadur di Tia Delfina, passa foronta na mar el ku si fidju. Tia Delfina diskici inda busca dinheru i toma foronta di si amigu i pui na pitu. Tia Delfina mostra Barimpa kuma camaradia mas dinheru. Camaradia i pa ora di foronta.

Tia Delfina sibi ke ki mortu panta alguin. I ta lembra kil bias ku si Duturna duensi. Fidju mas dinheru, i mas casa, i mas fama

Son bu saudi ku mas bu fidju. És ki pensamentu di Tia Delfina.

I ca misti nada di ninguin. I medi lebsimenti. I ta lundju mau djenus.

Políticos maltomadus kilas nan i ta nudju elis suma kin ku odja susudadi na mesa.

Tia Delfina ka misti brincadera na si kindin kondon.

Pa si filha i pudi nan té bida iran ou kansaré

Mau manera di homis di Bissau kila ta pul nan i bida onça padida si precis.

I suma kil dia ki bai ratcha scandalu na palácio do Governo ku ameaça di kuma si precis i na bai conta mindjeris di homis curtu sintidu kuma mortu.

Duturna nin liti ca caba sail inda na boca. 14 anos ki tene inda son ala manhotis matchus na norostial el. Pa badja pamparida na si bridja. Kila ku cata sedu nunca. Muk!

Colegasson sin ermondadi ca bali.

Mandjuandadi i kau di cada kin cura si mistida. I suma kil dia ku Tia Delfina conta na colegasson si mistida ki tene ku si amigo piscadur, Barimpa, ku mar yara leba pabia si canua fufu.

Tia Delfina misti djudal.

Dinoti cumpridu. Tia Delfina ta dita dinoti té mandurgada pa sonu kunsa bim. Na si kudadi i tene dus mistida: Kuma ki na fassi si Duturna sedu mindjer ladinu amanha, i kuma ki na firmanta si nógos ku si amigo Barimpa.

Na kil rábida rábida na cama kil dia ladron ta odja di kuma i na entral dentru pa ratil si kussas ki ta cansa pa odja. Ma i ca contal tan ninguin kil dia.

Dinoti fundo suma mar. Su ca odja ninguin cabu fala ninguin ca odjau.

Ladron entra casa di Tia Delfina na palpa palpa pa odja kussa di balur pa furta, ku si pé de cabra pa tenta romba porta, ma casa di alguin i si casa son.

Ladron dadu sinal di kuma caminhu ca sai ma i ca misti maina. Si garandi dispi calça son pa modja rabada na rio. Assim ki pensa ma i ca contal tan ninguin kil dia otcha Tia Delfina zimbral ku po di pila tempra na cabeça tok i cai i dismaia. Tia Delfina tiral sangui na cabeça ala i lastrandal na quarti suma mortu.

Ladron findji dismaia. Vizinhos djuda Tia Delfina mbital corda é tcherantal adju tok i sperta. Parmanha cedu vizinhos intchi casa di Tia Delfina cada kin na conta ke ki pensa.

Té pa lebal Judiciária mindjor nan pa cumpul curpo na casa, mindjor nan pa cantal, mindjor nan pa mostral moranças tudu, mindjor nan pa pul pena di djugudé na rabada. Kila ké bim fassil. Móz cossadu ontinhi tok i na tchora i na ri ao mesmo tempo.

Ma suma bom pekadur ta rispita lei, ala Tia Delfina mundu caminhu pa leba si ladron pa PJ. Purblema i di kuma i ca mutu fia si contra policia na fitcha si ladron suma ku lei ta fala.

Calabus i ka son pa ladron di galinha, ladrons di botons fino tambi tene lugar na calabus. I suma kil Ministro ku fala i ca fitcha cofre tok iransegu bim toma dineheru di Estado.

Si lugar didibi sedu ba na cela suma ladron di Tia Delfina. Ma kin ku falau?

I tem djintis i tem pecaduris nés terra. Entra ku sai di Ministro na PJ i kil um son son.

Ma nteres puku pa Tia Delfina. Ke ku mpatcha Tia Delfina i kuma ki na lida kés kussas di sunhu di Duturna ku ta sunha nan dinoti suma na cinema.

Son pa punta balaobero. Ké ku na bim otcha Duturna sin? És ki si kudadi.

I ba punta balobera ala kila falal kuma son pa tiral cabeça si ca sin futserus pudi bim tental. Té i pudi bim bata nhemé. Safrai Na Manha!

Dito i feito. Tia Delfina cussinha nan si bom bianda di siti ku tili pa tira Duturna cabeça di pauta. Kil dia Duturna djubi ki bianda son cabeça sai ku el mbias. Té aos. Si pauta caba mbias.

Mindjer di calculo. Tia Delfina djunta dinheru ki otcha na Lumus di tudu Guiné ku kil ki toma na abota di colegasson tok i tchigal pa iabri sociedade ku si amigo piscadur Barimpa.

Ala é cumpra canua di motor ku arca bedju.

Nógos na kuri bem tok goss é ta dá nan pis pa caus fino: Kortelis, restaurantes, hospitalis

Tarbadju ki pecadur. Tarbadju onestu inda.

Ku dinheru ke randja ala se vida muda. Cada kin kumpu si bom rassa di casa, é caba é pui sé fidjus kindin kondon na estuda na Dacar sin cunhas.

Bssau Nando. Na ratina di sol di dia 11 de mis di Maio di anu 2024

Nha mantenhas
Mussá Baldé
FIM

Rusumu di biografia di autor

Emílio Tavares Lima Skritor, Pueta, Kumunikadur ku Agenti Literariu. Loibé di manga di livrus di puemas ku romansis. Responsavel pá dus antologias, livros di mandjuandadis, un son delis junta mas di 46 fidjus di guiné. Tambi i kolabura na mas di ki 15 livrus di mandjuandadis na mundu. Si purmeru romansi,

Finhani O Vagabundo Apaixonado, foi rukumendadu pá i bá tá studadu na Universidade Amílcar Cabral (UAC).

E representa Guiné-Bissau na manga di n'kontru di skirbiduris na Europa, Afrika ku Amerka. E ganha konkursus di puemas na guiné ku ná Purtugal.

Ê tempu, i tą vivi ná Skósia, nundé ki disidi volta studa Dizinvolvimentu di Kumunidadi na Universidadi di Glasgow. Antis, i studa Admistrason ku Teknologia di N'formason, na kolegu di Edinburgu.

Na Purtugal i studa Ciência di Kumunikason ku Kultuta na Universidadi Lusófona di Umanidadis ku Teknologias, na Lisboa. Ná Skola Sekundária di Sakavén, i fase kursu Tékniku di kumunikason, nundé ki i participa i ganha dus konkursu di poisia.

Membru fundadur di AEGUI Associação de Escritores da Guiné-Bissau, de GBACS-UK Guinea-Bissau Academic, Cultural Society tambi i membru di PEN da Guiné-Bissau i di Puetas di Mundu.